Über die Brücke des Atems

Ein Lese- und Arbeitsbuch

Rut Sigg

In tiefer Dankbarkeit für denjenigen Lehrer,
der mich in den Yoga einführte,

in tiefer Dankbarkeit für denjenigen Lehrer,
der dieses Buch ermöglichte,

in tiefer Dankbarkeit für meinen heutigen Lehrer,

in tiefer Dankbarkeit für die Hilfe so vieler Freunde,

in tiefer Dankbarkeit für meinen Mann
und seine Unterstützung
auf jeder nur möglichen Ebene.

Rut Sigg

Über die Brücke des Atems

Ein Lese- und Arbeitsbuch

Bibliografische Information der Deutschen Nationalbibliothek:
Die Deutsche Nationalbibliothek verzeichnet diese Publikation in
der Deutschen Nationalbibliografie; detaillierte bibliografische
Daten sind im Internet über http://dnb.dnb.de abrufbar.

Herstellung und Verlag: BoD – Books on Demand, Norderstedt

ISBN: 978-3-7568-4207-0

VORWORT

Das Vorwort zu schreiben ist, wie wenn ich Sie einladen dürfte, über die Schwelle einzutreten in ein privates Haus. Man spürt sofort die Art, in der dort drin gelebt wird. Die Atmosphäre ist davon geprägt, man nimmt sie wahr im Atem.

So wie Räume atmen können, atmet auch dieses Buch. Es atmet Ehrlichkeit. Ich atme sie beim Lesen ein und werde mit der Zeit gewahr, dass ich mich selber sehe, Auge in Auge, in meinem eigenen Spiegel, erkennend, was das Leben in Liebe von mir fordert.

So ist es nichts Privates, zu dem ich eingeladen bin. Es geht um das Geschenk des Lebens, um Einzigartiges, um Allgültiges und um die Chance, die es ist, dem Lehrer zu begegnen.

Dies ist ein ganz besonderes Buch, es ist ein Buch zum Lernen. Es lässt nicht zu, dass mit ihm abgeschlossen wird, wenn es gelesen ist. Mich hat es infiziert. Es ist ein Buch mit Folgen.

Sylvia Püschel

1. KAPITEL

Auf der schwarzen Krete lag dunkelrot der volle Mond wie eine Frucht auf einem Teller. Als er abhob und langsam in den Himmel stieg, glich er einem Luftballon. Je höher er flog, desto leuchtender und heller wurde er. Die Sterne in seiner Nähe wirkten fahl im Gegensatz zu seinem Blenden. Es brannte in den Augen. Und violette und grüne Kringel begannen sich in ihnen zu drehen, wenn ich mich ihm länger aussetzte.

Eine Brise kam auf. Die Nacht roch süß. Im Abkühlen verströmte die Erde Düfte, die betäubten. Die Sommernacht wog schwer. Ich stand still. Vom raschen Aufwärtsgehen war mir heiss geworden. Das Blut pochte in meinen Adern. Lebendigkeit sirrte in jeder Zelle. Ich setzte mich ins Gras. Die Erde wärmte meine nackten Sohlen. Eine Ameise biss mich in den Knöchel. Und plötzlicher Schmerz durchzuckte meinen Körper.

Der Mond hing über mir wie ein goldener Spiegel. Und verlor ich mich in seinem Anblick, schlich leise Beklemmung in mein Herz. Nichts rührte sich in seinem Rund. Schweigen griff nach mir. Und eine Garbe jäher Furcht elektrisierte mein Nervensystem. Meine Alleinheit störte mich auf. Und ich war wieder das kleine Mädchen von einst, das sich über sein Spiegelbild beugt...:

ich stand vor dem Schrank im Zimmer meiner Tante. Die Hände stützte ich auf dem Glas ab und näherte langsam mein Gesicht der silbernen Fläche. Als ich ihr nahe genug war, schwammen meine beiden Augen zu einem einzigen Auge zusammen. Dieser Vorgang faszinierte mich derart, dass ich ihn wiederholte. Ich bog mich zurück und wieder nach vorn. Zurück. Und nach vorn. Schließlich lehnte ich meine Stirne gegen den Spiegel. Ich hatte nun nur noch ein Auge. Es wirkte wie ein Loch in meinem Kopf. Das Weiße darin schimmerte grau. Das Schwarz der Pupille zog mich in sich hinein wie ein Magnet. Unwillkürlich erinnerte ich mich meines Namens und raunte ihn mehrmals. Er formte sich zu einem Trichter, in den ich wie in einen sich abwärts drehenden Wirbel hineingesaugt wurde. Mein Körper dehnte sich in die Länge, gespannt wie eine Sehne. Behutsam zuerst, dann immer schneller drehte er sich um seine Achse. Kurz bevor ich ohnmächtig wurde, durchzuckte mich der Gedanke, ich könnte das Gesicht vom Spiegel wegnehmen. Das tat ich auch und lief zu meiner Tante, die im Garten arbeitete. Sie pflanzte Salatsetzlinge und wies mich an, ihr dabei zu helfen. Mein Körper war noch steif vom eben Erlebten. Und Arme und Beine gehorchten mir nicht sofort. Ich brauchte etliche Minuten, bis ich mich wieder normal bewegen konnte....

Das Licht des Mondes wirkte nun fast zu grell, um direkt hineinzuschauen. Ich stand auf und stieg weiter hügelan. Mein Hund setzte einer Katze nach und blieb abrupt stehen, als ich ihn zurückpfiff. Die Nacht wurde gespenstisch hell. Ein verborgener Zauber ließ Schatten sich ins Unendliche dehnen und Flächen milchig aufschimmern. Ich hielt an. Mit nach hinten gebeugtem Kopf schaute ich dem Mond ins Gesicht. Wieder beschlich mich Furcht. Wer war ich im Angesicht dieser Präsenz? Dieser unausrottbaren Stille? Nichts gab auf diese Frage Antwort. Nur der gewisse Druck meldete sich. Und die Spannung baute sich auf, die allem Standhalten vorauszugehen pflegt. Dieselbe Spannung, die sich aufbaute, wenn ich meinem Lehrer in die Augen schaute und an seinen Atem andockte. Einen Augenblick lang hing ich im Nichts. Dann stießen meine Füße auf Grund. Und das Feuer des Atems wandelte meine Wirbelsäule zum pulsierenden Strom, der mich erdete. Meine Muskeln entspannten sich. Gedanken flossen weg. Und jedes Davonlaufen oder sich Abwenden erwies sich als sinnlos. Die Illusion von Gefahr wurde gebannt. Nichts rührte sich im Blick meines Lehrers. Weder wurde ich davon aufgesogen noch in Bann geschlagen. Ich sah darin nur mich selbst. Begegnete meiner eigenen Autorität und Verantwortung.

Meinen Lehrer traf ich zum ersten Mal als ich fünfundvierzig Jahre alt war. Damals bestand mein Leben aus einem einzigen Scherbenhaufen. Obwohl ich einen Mann hatte, erstickte ich fast an meiner Einsamkeit. Ich vegetierte in einem Kerker aus Schmerz und Ohnmacht dahin, in dem ich weder sitzen, noch stehen, noch liegen konnte. Nichts machte Sinn. Freude kannte ich nicht einmal vom Hörensagen. Und auch physisch fühlte ich mich eher tot als lebendig. Was mich dennoch zum Weitergehen antrieb, war die verzweifelte Hoffnung auf irgendeine Form von Durchbruch. Es musste einfach die Möglichkeit einer Öffnung geben!
Da flog mir ein Seminarprospekt zu, den ich sofort ausfüllte. Da ich nichts zu verlieren hatte, gab es auch keine Fragen zu stellen.
Natürlich packte mich die schiere Panik, wenn ich an das bevorstehende Seminar dachte. Ich kannte Bücher des Lehrers, der es leiten würde. Ich kannte auch Bücher von anderen Lehrern des inneren Wegs. In jedem von ihnen wurde auf zu erbringende Opfer hingewiesen. Grundsätzlich alles müsse ein Schüler des inneren Wegs zurücklassen. Anders könne er keiner Schule beitreten. Kein Lehrer nehme ihn an. Und weder höre er, noch verstehe er, wovon der Lehrer spreche. Sogar von

Mutproben war in diesen Büchern die Rede. Einem potenziellen Schüler bleibe nichts erspart, hieß es. Und absoluter Gehorsam dem Lehrer gegenüber verstehe sich von selbst.

All das leuchtete mir zwar ein. Und dennoch war ich bis obenauf mit Entsetzen angefüllt. Ich spürte schreiend deutlich: ich hatte keine Wahl. Es blieb nichts weiter auszuprobieren. Ich hatte das mir Mögliche versucht. Der einzige noch gangbare Weg war der Weg geradeaus. Und dieser Weg führte zum Seminar. Ein Hintertürchen zeigte sich nicht. Halbheiten hasste ich ohnehin. Also fasste ich den verzweifelten Entschluss, mich noch vor Seminarbeginn vollumfänglich zur Arbeit mit dem Lehrer zu verpflichten. Ungeachtet dessen, was auf mich zukommen mochte.

Es existierte in mir drin ein bestimmter Punkt in der Mitte der Brust. Ich entdeckte ihn als Kind. Er stellte eine Art Niemandsland dar. Nichts regte sich dort. Nichts lief ab. Es war ein Ort, der mit mir als Person nichts zu tun zu haben schien. Ich konnte mich dorthin zurückziehen, wenn mir zu Hause die Decke auf den Kopf fiel und wurde dadurch unangreifbar. Oft tat ich das, nachdem ich Prügel bekommen hatte. Oder wenn meine Erwachsenen aufeinander losgingen.

Der Punkt diente aber auch zum Musikhören. Musik fühlte sich dabei an, als werde sie auf Saiten gespielt, die über diesen Punkt gespannt waren. Dadurch hörte ich Musik nicht mit den Ohren, sondern erlebte sie hautnah. Mein Körper selber spielte die Musik. Alles an mir vibrierte im Klang der Musik. Das Innen und das Außen flossen ineinander. Ich als Person verschwand. Und damit verschwanden auch Schmerz, Angst, Ohnmacht.

Doch der gewisse Punkt diente noch zu viel mehr. Ich fand heraus, dass Entschlüsse, die dort gefasst wurden, unglaubliche Kraft enthielten. So als seien sie mit Dynamit gefüllt. Ich selbst brauchte kaum etwas dazuzutun. Der einmal gefasste Entschluss machte sich selbständig. Wie ein Wagen, der aus eigener Kraft bergab rollt. Ich brauchte den Entschluss nur am bewussten Ort zu verankern. Und die Hälfte der Arbeit war getan. Was blieb war, den eingeschlagenen Weg weiterzuverfolgen, ohne dabei nach rechts oder nach links zu gieren.

Das tat ich auch im Fall des bevorstehenden Seminars. Natürlich hatte ich keine Vorstellung von dem, was mich erwartete. Aber ich sah, was mit mir los war. Und ich sah, dass ich so nicht weiterleben konnte. Das nahm ich zum Ausgangspunkt für eine Visualisation. Darauf gab ich mir im Moment, in dem diese Visualisation in meinem Inneren aufleuchtete, ein Versprechen. Das Versprechen, ich würde mich dem Lehrer anschließen. Und ich würde so lange mit ihm arbeiten, bis Licht in Sicht sei. Und das alles ungeachtet der Bedingungen, die er stellen mochte.

Kaum war dieser Schritt vollzogen, fühlte ich mich erleichtert. Ich entschied mich für eine Richtung. Und ein Weg öffnete sich vor mir. Was zu tun blieb war, diesen Weg konsequent unter die Füße zu nehmen. An meinem Entschluss zu zweifeln, verbot ich mir. Das hätte nur Energie gekostet. Und davon hatte ich wenig genug. Ich musste das bisschen, das mir blieb so bündeln, dass ich das Seminar konzentriert antreten konnte.

Dennoch erkannte ich den Lehrer nicht auf Anhieb. Sein Aussehen entsprach nicht meinem Bild von ihm. Er trug eine Kordhose und ein kariertes Hemd, das am Hals offenstand. Seine Begrüßung fiel freundlich, aber scheu aus.

Ich war eine Teilnehmerin unter vielen. Und meine Befürchtung, man sehe mir meinen Zustand an, zeigte sich als unbegründet. Ich entpuppte mich als ein bunter

Hund unter anderen. Kaum jemandem ging es besser als mir. Auch wenn es jeder hinter den verschiedensten Masken zu verbergen suchte. Den meisten kamen diese Masken rasch abhanden. Die Art, wie der Lehrer mit uns umsprang sorgte dafür. Er schuf andauernd Situationen der Konfrontation. Einmal scheuchte er uns um drei Uhr nachts aus den Federn, da es im Haus bestialisch stinke. Und wir durften uns erst wieder hinlegen, als der übersehene Abfalleimer geleert war. Oder er schimpfte uns einen Haufen von Idioten, die es versäumt hätten, erwachsen zu werden. Wir nahmen diese Behandlung ergeben hin. Wenigstens vordergründig. Viele der Seminarteilnehmer befanden sich an einem Wendepunkt in ihrem Leben. Die einzuschlagende Richtung lag noch im Dunkeln. Nun hofften sie, im Lehrer denjenigen gefunden zu haben, der ihnen den entscheidenden Stoß verpasste. Jeder von uns erwartete irgendeinen Gewinn. Das Seminar war nicht billig. Dazu putzten Gruppen von uns das Haus täglich, vom Dachstock bis hinunter zu den Kellerräumen. Währenddem andere sämtliche Mahlzeiten kochten. Wieder andere Geschirr spülten. Wäsche wuschen. Oder bügelten. Wir bezahlten dafür, dass wir von morgens bis abends herumgehetzt und dafür noch an den Pranger gestellt wurden. Wir wehrten uns nicht. Verbissen versuchte jeder sein Bestes zu geben. Besonders wenn sich der Lehrer näherte. Dann überboten wir einander an Dienstbarkeit.

Wir gierten nach Lob wie dressierte Hunde. Keiner wollte es wahrhaben. Doch jeder tat es. Der Lehrer verspottete uns deswegen. Wir ließen schuldbewusst die Köpfe hängen. Um am nächsten Tag wieder so zu handeln. Wir konnten nicht anders. Wir hatten diese Rollen ein Leben lang einstudiert. Das sicherte unser Davonkommen. Das machte uns zu sogenannt mündigen Bürgern. Und das weckte in uns auch das Ahnen, es könnte damit vielleicht doch nicht seine Richtigkeit haben. Der Wunsch nach Besserem tauchte auf. Der schickte uns zum Seminar. Und nun waren wir da. Darüber hinaus gab es für die wenigsten von uns Fassbares.

Für mich auf jeden Fall existierte nichts mehr, das der Mühe wert war sich dafür anzustrengen. Nicht dass ich keine Wünsche hegte. Ich wusste genau, was ich mir wünschte. Zuallererst wollte ich dieses nagende Gefühl innerer Unerfülltheit loswerden. Es musste wunderbar sein, nicht mehr alles und jedes zu hinterfragen. Ich fiel deswegen schon zu Hause unangenehm auf. Etwas in mir legte sich stets quer. Weigerte sich, einfach zu funktionieren. Es wollte in Betracht gezogen, ernst genommen werden. Und natürlich verlangte dieses Etwas auch ein Stimmrecht. Dass es andauernd in die Schranken gewiesen und übergangen wurde, kränkte es zu Tode. Ich besaß keinen Funken Selbstwertgefühl. Und wäre doch so furchtbar gerne anerkannt und glücklich gewesen. Unbeschwertes Fröhlichsein im Kreis von Freunden erschien mir als das Paradies. Doch weder war ich fröhlich. Noch besaß ich einen Kreis von Freunden. Ich lebte, als sei ich der einzige Mensch auf Erden. Obwohl ich wusste, dass ich nicht allein war, konnte ich keine Brücken zu Mitmenschen schlagen. Aus dieser Hilflosigkeit heraus verliebte ich mich blind. Meistens wussten diejenigen, die es anging nicht einmal etwas davon. Mit diesen Gegenständen meiner Liebe bevölkerte ich mein liebeleeres Dasein. Ich liebte abgöttisch. Und wohlweislich behielt ich diese Geheimnisse für mich. Bei meinen Eltern hätte ich damit nur Alarm ausgelöst.

Andererseits begegnete ich tatsächlich echter Liebe. Ich erlebte die Liebesgeschichte, wie sie in der Literatur zu finden ist. Ich wurde gewollt. Sogar verzweifelt gewollt.

Mein Pech war es, dass im Augenblick höchster Erfüllung bereits der Keim zur Frage lag: „Und was nun?"
Ich stand also mit leeren Händen vor dem Lehrer, den ich schon bald als meinen Lehrer zu sehen lernte. Obwohl ich alles daransetzte, das zu verheimlichen. Ich wollte nicht die Bedürftige sein. Ich hatte immerhin einiges unternommen in meinem Dasein. Hatte Gewisses vorzuweisen. Auch wenn nichts funktionierte. Eine Niemand war ich nicht. Darauf sollte Rücksicht genommen werden.

Während des ganzen Seminars ging es zu wie in einem Irrenhaus. Der Lehrer liess kein gutes Haar an uns. Unser Charakter und unser Verhalten nahm er gnadenlos unter die Lupe. Doch wir wurden nicht gedemütigt. Die Würde wurde uns nicht abgesprochen.
Das war für mich eine einschneidende Erfahrung. Auf diese Weise konnte ich Kritik und Zurechtweisung akzeptieren. Wenn kein Liebesentzug folgte. Nie drohte Liebesentzug in der Arbeit mit meinem Lehrer. Nie wurde mein Menschsein in Frage gestellt. Er zwang mich zu guter Letzt in die Knie. Doch anstatt sie abzuwürgen, vertiefte das die Beziehung zwischen mir und meinem Lehrer noch. Nicht weil mir die Opferrolle behagte. Nicht weil ich mich gerne quälen ließ. Das Geheimnis bestand darin, dass der Lehrer keine Situation zu seinen Gunsten ausnützte. Er respektierte die Sphäre dessen, der sich an ihn um Hilfe wandte. Die Integrität eines Menschen tastete er nicht an. Die Arbeit mit ihm war von Liebe durchdrungen. Was auch geschah, es geschah durch, aus und in Liebe.
Es kam vor, dass wir an gedeckten Tischen saßen, gefüllte Teller vor uns. Doch wir durften nicht essen, da der Lehrer gleichzeitig einen Vortrag hielt. Das Essen erkaltete.

Unsere Mägen blieben leer. Und immer noch sprach der Lehrer.

Oder er verlangte nach der Gitarre und sang eines seiner selbstkomponierten Lieder. Ungezwungenheit schien zu herrschen. Der Lehrer erzählte Witze. Erst bei genauerem Hinsehen wurde offensichtlich, dass er uns messerscharf beobachtete. Und brach unter solcher Hochspannung jemand in Tränen aus, war er sofort zur Stelle. Der Weinende wurde zum Mittelpunkt seiner gesamten Aufmerksamkeit. Der Lehrer tröstete ihn nicht, beschwichtigte ihn nicht. Er fing den Zusammengebrochenen einfach auf. Nahm ihm seinen Schmerz gleichsam ab. Psychologie spielte dabei keine Rolle. Der Grund des Schmerzes war unwichtig. Nur die Tatsache des Schmerzes zählte. Erklärungen brauchte es nicht.

Als meine eigene Stunde des Schmerzes kam, geschah das auf dieselbe Weise. Der Lehrer trieb mich mit Anschuldigungen in die Enge, die klangen, als spreche mein Vater. Arroganz wurde mir an den Kopf geworfen. Dummheit und Borniertheit. Der Angriff gipfelte im Ausruf, ich solle mein verfluchtes Geld abholen und mich zum Teufel scheren. Das kam einem Rauswurf gleich. Als ich das erfasste, wich alle Kraft aus meinen Gliedern. Ich war wie gelähmt.

Niedergestreckt lag ich auf dem Tisch, dem Lehrer gegenüber. Er ergriff meine Hände. Und ich riss an seinen Armen wie an Tauen. Ich war nahe daran zu ersticken. Da hörte ich ihn wie aus weiter Ferne sagen: „Atme, atme."

Doch ich konnte nicht atmen. Erst als sich jemand mit seinem ganzen Gewicht über meinen Rücken legte, zerbrach der Widerstand in mir. Ich hörte es krachen, als würde ich aus Beton herausgezerrt. Totenstille herrschte. Kein Gedanke blieb in mir übrig. Und als ich den Kopf hob und durch meine Tränen in die Augen meines Lehrers schaute, erkannte ich darin das Licht, nach dem ich so lange gesucht hatte.

****

2. KAPITEL

Mein Lehrer entstammte einer alten Familie von Gelehrten und Unternehmern. Er wurde in eine weich gepolsterte Wiege hineingeboren. Seine Geburt begleiteten ziemliche Schwierigkeiten, denn sein Vater war schwer krank. Und da man nicht wusste, ob die Krankheit vererbbar sei, beschloss man, das Kind abzutreiben. Dreimal wurde der Versuch unternommen. Dreimal schlug er fehl. Schließlich entschieden die Eltern, den Dingen ihren Lauf zu lassen. Offenbar wollte dieses Kind um jeden Preis geboren werden. Und es stellte sich als auffallend hübsch und sensibel heraus.

Mein Lehrer wuchs in einem vornehmen Heim heran, das in einem lauschigen Tal lag. Vor den Fenstern des Hauses breitete sich ein kleiner See aus, in dem Wasserlilien blühten. In großzügigen Parkanlagen gediehen von Gärtnern liebevoll gepflegte Rosen, deren Farben und Parfums dem Ort zusätzliche Verzauberung verliehen. Es war ein Paradies. Ein Paradies, zu dem auch ausgedehnte Waldungen gehörten. Die Familie legte Wert auf Stil. Auf Besitz. Werte, die ihre Mitglieder prägten. Man war wer. Und man wusste, wer man war.

Seine Mutter sah mein Lehrer während seinen Jugendjahren nicht oft. Eine Kinderfrau zog ihn auf, die einer Familie von Fahrenden entstammte. An ihrer Hand wagte er die ersten Schritte. Von ihr lernte er die ersten Wörter. Nie schlug sie ihn. Noch stellte sie ihn bloß. Sie beschützte ihn, als sei er ihr eigenes Kind. Und er vertraute ihr blindlings. Was sie sagte, zählte. Denn es entsprang nicht Willkür. Sie war gänzlich unparteiisch.

Dazu von einer Reinlichkeit, Zufriedenheit und Fröhlichkeit, die jeden für sie einnahmen. Mein Lehrer fand, sie rieche wie frische Luft.

Und doch ließ ihre Loyalität sie keinen Profit aus des Kindes Anhänglichkeit schlagen. Sie ließ den Kleinen frei aufwachsen, ohne ihn in irgendeiner Weise an sich zu binden. Und der Bub genoss diese Freiheit in vollen Zügen. Er liebte sein Zuhause. Schon als Dreijähriger durchstreifte er den Park und die angrenzenden Waldungen auf eigene Faust. Kannte jeden Baum, jeden Strauch. Jede noch so bescheidene Lichtung. Frühmorgens schon zog er auf Entdeckungsreise. Die Tasche gefüllt mit von ihm über alles geliebten Marmeladebroten. Stundenlang blieb er mit sich allein. Langeweile kannte er nicht. Er lag bäuchlings im Gras und beobachtete Mäuse, Käfer, Würmer. Selbst die unscheinbarsten Tiere riefen helles Entzücken in ihm wach. Das Summen der Bienen in der im Sonnenlicht vibrierenden Luft, klang wie Musik. Er fühlte sich eins mit dem, was ihn umgab. Und das machte ihn unbeschreiblich glücklich. Manchmal packte ihn auch sein Freund, ein älterer Wildhüter, in den Seitenwagen seines knatternden, fauchenden Motorrads. Und sie fuhren zusammen zum Fischen. Er war ein lebenssprühender Bub mit robuster Gesundheit, den auch Regen und Kälte nicht unterkriegten.

Am Leben zu sein empfand das Kind als unglaubliches Geschenk. Am Leben und mit sich allein inmitten Gottes Natur. Die abgestandene Frömmigkeit der Kirche, die er sonntags mit der Mutter besuchte, verabscheute er. Draußen im Wald jedoch betete er freiwillig. Kniete sich freiwillig hin. Er wollte seine Gebete schmecken. Riechen. Mit jeder Faser seines Seins erspüren. Um das Innen der Dinge ging es ihm. Dort fühlte er sich zugehörig. Fassade hasste er. Deshalb setzte es auch stets Szenen ab, wenn er seine Mutter zu Gesellschaften begleiten musste. Er entpuppte sich als regelrechter kleiner Teufel. Schlug um sich und schrie seine Not lauthals aus sich heraus. Er war kein notorischer Neinsager. Er wusste nur nicht, was er an solch steifen Anlässen sollte. Er begegnete dort einer Welt, die ihn nichts anging. Das Geplapper der Leute erschöpfte ihn. Als Hoffnungsträger der Familie begafft zu werden, kränkte ihn. Die Kinder der Freunde seiner Eltern ödeten ihn an in ihrer Angepasstheit. Gar nichts fand sich dort von dem, was ihm selbst lieb und teuer schien. Er erfuhr sich als Außenseiter.

Tatsächlich erfuhr sich mein Lehrer schon früh als Außenseiter. Seine Kameraden interessierten sich für ganz andere Dinge als er selbst. Von seiner Liebe zum Alleinsein verstanden sie nichts. Ebenso wenig begriffen sie seine Verbundenheit mit der Erde, den Tieren, den Vögeln am Himmel. Er kam ihnen unheimlich vor. Es zeigte sich schon früh, dass er Charisma hatte. Das stieß die einen ab. Zog andere an. Neid kam ins Spiel. Neid getarnt als Furcht. Und das weckte Misstrauen. Dass er bei Erwachsenen besonders beliebt war, schmälerte die Begeisterung seiner Kameraden für ihn obendrein.

Mit vier Jahren erhielt der Bub sein erstes Gewehr. Er sollte schießen lernen. Das war er seiner Herkunft schuldig. Und er schoss auf alles, was sich bewegte. Ein Fieber packte ihn. Nichts war vor seiner Flinte sicher. Das führte so weit, dass sein Freund, der Wildhüter, sich gezwungen sah, seinem Tun Einhalt zu gebieten. Er unterzog ihn einem Test. Doch zuerst brachte er ihm bei, Nützlinge von Schädlingen zu unterscheiden. Krähen, zum Beispiel, zählten zu den Schädlingen. Sie abzuschießen, galt als legal. Denn sie gefährdeten die Fasanenzucht.

Vom Wildhüter erfuhr der Bub auch manches über Kaninchen. Davon wimmelte es auf dem Gut. Absicht des Wildhüters war es, dem Kind eine Lektion zu erteilen. Er kannte dessen Intuition. Dessen Einfühlsamkeit. Dort gedachte er den Hebel anzusetzen. Der Bub sollte eigenhändig ein Kaninchen töten. Und damit zu einem neuen Verständnis von Leben und Tod vorstoßen.

Zu diesem Zweck führte ihn der Wildhüter eines Morgens in den Wald. Sie duckten sich oberhalb eines Kaninchenbaus ins Gras. In Gedanken ging der Bub noch einmal genau durch, was zu tun war.

Vorsichtig lugte das Kaninchen aus dem Bau. Es fühlte sich sicher. Robbte ins Freie. Der entscheidende Moment kam. Ohne dass er ihnen den Befehl dazu erteilte, fuhren des Buben Hände los. Er spürte die Wärme des Körpers, das flauschige Fell, den obersten Halswirbel. Das Kaninchen wehrte sich nicht. Des Buben Finger drückten zu. Das Kaninchen erschlaffte. Zusammen mit dem Kaninchen atmete der Bub aus. Und es war, als flössen ihrer beider Leben in eines zusammen. Der Vorfall dauerte nur Sekunden. Doch im Leben des Buben brannte er sich ein wie ein Mal. Setzte seiner Sorglosigkeit ein Ende.

Als ich vom Seminar nach Hause fuhr, weinte ich. Ströme von Tränen flossen über meine Wangen. Ich wollte und konnte ihnen nicht Einhalt gebieten. Einesteils war ich zu erschöpft. Anderenteils zu erfüllt vom Erlebten. Während den vergangenen Tagen hatte ich so gut wie nicht geschlafen. Die Zeit dafür reichte kaum. Meistens kamen wir erst weit nach Mitternacht ins Bett. Und lag ich erst im Bett, brauchte ich Ruhe, um noch einmal durch den Tag zu gehen. Ich war nicht neu in dieser Art von Arbeit. Meine Bibliothek beherbergte Dutzende entsprechender

Bücher. Doch in solcher Unmittelbarkeit war ich noch keinem Lehrer begegnet.

Ich fürchtete mich davor, in mein sinnentleertes Leben zurückzukehren. Ich wurde zwar erwartet. Und ich wurde auch gebraucht. Nur war der Umgang, den ich zu Hause pflegte himmelweit von dem verschieden, den ich durch meinen Lehrer kennenlernte. Von liebevollem aufeinander Eingehen konnte keine Rede sein. Die gegenseitige Würde wurde laufend in Zweifel gezogen. Ich fühlte mich ungeliebt. Ausgenutzt und hintergangen. War stets versucht zu denken, mir geschehe Unrecht. Unterschwellig wusste ich, dass ich mich mit dieser Annahme auf dem Holzweg befand. Nur mein Stolz tat sich schwer damit. Er hoffte weiterhin zu seinem Recht zu kommen. Und er sann verzweifelt auf Vergeltung.

Desto mehr erstaunte es mich festzustellen, dass Grundlegendes anders war als vor meinem Weggang: meinen Depressionen war das Bodenlose abhandengekommen. Ich sah Farben in einem Licht, das sie früher nicht zeigten. Mein Körper fühlte sich verschieden an. Durchlässiger. Lebendiger. Und mein Leben erschien mir von da an nie mehr als aussichtslos. Immer erkannte ich ein Stückchen Weg vor meinen Füssen. Es gab Möglichkeiten. Mir blieb eine Wahl. Ich konnte Entscheidungen treffen. Und ich spürte die Kraft, mich Konsequenzen zu stellen.

Dazu gehörte ich nun einer Schule an. Wöchentliche Treffen fanden statt. Und ich hatte Gesellschaft auf dem Weg.

Damit ließ sich vorderhand allerdings nicht viel anfangen. Das Verbot mir meine Scheu. Meine Haltung des getretenen Hundes behielt ich bei. Nicht bewusst. Nach außen hin schien ich mein Leben im Griff zu haben. Ich wusste, was richtig und was falsch war. Meine Bildung sprach für sich. Ich konnte mich in Gesellschaft bewegen. Stellte etwas vor. Und ich konnte jeden davon überzeugen, mit mir sei alles in Ordnung.

Wenigstens glaubte ich das. Denn ich war weit davon entfernt wissen zu wollen, wie andere mich erlebten. Was sie von mir hielten. Jemanden danach zu fragen, wäre mir nie in den Sinn gekommen. Schwächen einzugestehen genauso wenig. Ich gestand mir nicht einmal selbst Schwächen ein. Mein Leben zeigte sich mir in solcher Brüchigkeit, dass ich mir das gar nicht leisten durfte. Ich musste mir etwas vormachen. Die Angst vor einem Zusammenbruch zwang mich dazu.

Mir half, dass mein Lehrer die Ansicht vertrat, Menschen auf dem inneren Weg bedürften der Schonung. Selbst hielt ich mich für ungeheuer mutig. Ich pfiff auf Schonung. Mein Stolz verbot mir Schonung. Er war die Maske, mit der ich meine Verletztheit verhüllte. Schutz, Geborgenheit, Verständnis waren Qualitäten, die ich nicht kannte. Schon als Kind blies mir ein rauer Wind um die Ohren. Ich begriff, dass ich auf mich selbst gestellt war. Aus dieser Erfahrung heraus bastelte ich mir eine Tugend. Nach dem Motto: was ich nicht kenne, brauche ich auch nicht. Und ich liebte diese Haltung an mir. Hätte sie freiwillig nie in Frage gestellt. Um keinen Preis. Das hinderte mich nicht, darunter zu leiden. Doch in gewisser Hinsicht liebte ich sogar mein Leiden. Wenigstens es möblierte meine Einsamkeit. Eine Einsamkeit, die ich mir nur in extremen Stunden eingestand. Ich war gellend einsam. Nichts war mir so vertraut wie die Folter der Einsamkeit. In meinem Leben gab es keine Brücken nach draußen. Alles spielte sich in mir drinnen ab. Dort allerdings hielt ich mich für unermesslich reich. Mein Innenleben hielt ich für fantastisch kostbar. Mit keinem anderen vergleichbar. Ich glaubte, nur ich wüsste, wie großartig ein Innenleben sei.

Meines war gefüllt mit unglaublich hochherzigen Idealen. In mir drinnen erkannte ich genau, was Liebe sei. In mir drinnen war ich jeder Situation gewachsen. Strahlend erfolgreich. Eine verkannte Heldin.

Von diesen Ideen ahnte niemand etwas, nahm ich an. Ich sprach nicht darüber. Die Umstände lehrten mich zu schweigen. Wann immer ich versuchte, meine Ideale zu vertreten, warf man mir Überspanntheit und Arroganz vor. Mein Lehrer traf den Nagel auf den Kopf mit seinen Anschuldigungen. Jedermann sah mich so. Und ich selbst konnte nicht für mich einstehen. Von Kommunikation wusste ich nichts. Zu Hause interessierte nicht, was ich dachte, fühlte und erlebte.

Meine Erwachsenen standen dem Leben nicht minder hilflos gegenüber als ich. Zwang und Gewalt gaben den Ton an. Deshalb kannte ich auch keine Sprache, um mich mitzuteilen. Für meine Empfindungen, meinen Schmerz fand ich keine Wörter. Dass mein Lehrer mich in der Folge dazu anhielt, mich zu formulieren, sprechen zu lernen, bedeutete härteste Arbeit. Oft verzweifelte ich an meiner Sprachlosigkeit. Doch er ließ nicht locker. Ohne Kritik, ohne Schuldzuweisung half er mir so, Stufe, um Stufe zu erklimmen. Schale um Schale fiel weg. Und es gelang mir, mich klarer und klarer zu äußern. Das in Worte zu fassen, was mir wichtig erschien. Was ich sah, fühlte und verstand. Der Vorgang glich einer Zangengeburt. Mein Unvermögen quälte mich furchtbar. Ging mir doch Klarheit über alles.

Ich selbst erlebte mich als sehr klar. Erst als ich lernte mich mitzuteilen, dämmerte mir, wie wenig klar ich empfand. Da war so viel Überschwang. So viel künstlich Überhöhtes. Unechtes. Manchmal verließ mich der Mut weiterzumachen. In der Arbeit mit meinem Lehrer jedoch blieb mir keine Wahl. Ich konnte nur vorwärts gehen. Er schubste mich immer wieder an. Ließ mich nicht zur Ruhe kommen. Und vor allem ließ er mich auf keinen Lorbeeren ausruhen. Was mir gelang, bildete stets nur die Vorstufe zu etwas Nächstem. Kein Ziel war in Sicht. Das Lernen. Dieser Weg bedeutete das Ziel.

****

3. KAPITEL

Als ich ein halbes Jahr alt war, reiste meine Mutter mit mir zu ihren Eltern. Die Scheidung von meinem Vater rollte an. Meine Mutter musste mich meinem Vater zurückgeben. Und seine Schwester sprang ein, um für mich zu sorgen. Eine, zu jener Zeit unerhörte Konstellation.

Ich galt als glückliches Kind, das viel und gern lachte Man bezeichnete mich als wahren Sonnenschein. Bis zu dem Tag, an dem mich meine Mutter zum ersten Mal bei meinem Vater besuchen kam.

In meiner Erinnerung war es ein grauer, düsterer Nachmittag. Ich wurde ins Zimmer gerufen. Und da saß diese Frau mit dem Rücken zum Fenster auf dem Sofa, dessen Sprungfedern quietschten. Ich witterte sofort Gefahr. Mein Vater wirkte gequält. Meine Tante hantierte auffällig laut in der Küche.

Ich kannte die Frau nicht. Wusste nicht, wer sie war. Es erstaunte mich, dass von mir verlangt wurde, ich solle lieb zu ihr sein. Besuchern wurde ich sonst nicht in dieser Weise vorgeführt. Ich stand allein zwischen meinem Vater und der Frau. Das verunsicherte mich. Mein Vater hätte mich in die Arme nehmen, mich beschützen sollen. Stattdessen sass er da wie ein Klotz aus Eis. Mich fror. Und ich hatte Angst. Daran änderten auch die Geschenke nichts, die die Frau mir zusteckte. Es war eine Puppe darunter mit einem Kopf aus Papier-maché. Als ich ihr zu trinken gab, franste ihr Mund aus. Und sie wurde so hässlich, dass meine Tante sie wegwarf.

Von da an holte mich die Frau regelmäßig zum Spazierengehen ab. Meistens gingen wir zusammen in den

Zoo. Bei jedem Wetter. Und stets brachte sie mir Geschenke mit.

Für mich waren das schmerzliche Erlebnisse. Ich mochte die Frau nicht. Es setzte jedes Mal Szenen ab, bevor sie mich holte. Doch ich musste mich beugen. Obwohl ich noch immer nicht wusste, wer die Frau war, und was für ein Recht sie auf mich hatte. Mein Vater sprach nicht mit mir darüber. Meine Tante ebenso wenig. Beide verschanzten sich hinter ihrem eigenen Schmerz.

Das ging eine Zeitlang so. Dann wurde mir gesagt, ich müsse von nun an ein paarmal im Jahr zu der Frau in die Ferien fahren. Das wirkte, als schlage der Blitz in mich ein. Selbst das Schreien schuf keine Erleichterung. Allein die Vorstellung brachte mich fast um. Ich hasste die Frau nun regelrecht. Laufend versuchte sie, mich an sich zu reißen und zu küssen. Ständig hetzte sie mit dem Fotoapparat hinter mir her. Und stieß ich sie von mir weg und schnitt Grimassen, schimpfte sie mich ein böses Mädchen ohne Herzensbildung. Es ging über mein Verständnis, dass Erwachsene so grausam sein sollten. Es wurde einfach über mich verfügt.

In der Schule galt ich als unreifes Kind. Ich errötete, kaum sprach mich jemand an. Das trug mir den Spitznamen „Tomate" ein. In meinen Zeugnissen fand sich der Vermerk: unaufmerksam. Ich träumte vor mich hin. Oder ich schaute zum Fenster hinaus und vergaß zu antworten, wenn ich etwas gefragt wurde.

Ich fühlte mich überall fehl am Platz. Nicht nur in der Schule. Im Übrigen mangelte mir einfach die Zeit zum Zuhören. Mich beschäftigten notgedrungen dringendere Themen. Lesen lernte ich leicht. Im Zeichnen glänzte ich. Ebenso im Singen. Nur das Rechnen bedeutete eine Katastrophe für mich. Was mir mein Vater, dessen Lebensinhalt Zahlen und Formeln ausmachten, nicht verzieh. Er hielt mich für dumm. Und änderte seine Meinung auch später nicht. Ich genügte seinen Ansprüchen nie.

Musste ich zu der Frau reisen, brachte mich mein Vater zum Bahnhof. Noch bevor wir die Bahnhofshalle betraten, sagte er mir adieu und legte mir ans Herz brav zu sein, da er sonst Schwierigkeiten mit der Familie der Frau bekomme. Später sagte er nichts mehr zu mir. Er hielt mich einfach an der Hand. Und ich stand da wie gelähmt. Bis die Frau kam und mich vom Vater wegzerrte. Schaute ich zurück, sah ich den Vater weggehen, ohne sich nach mir umzudrehen.

Die Frau versuchte, mich aufzuheitern. Sie erzählte mir Geschichten. Das gefiel mir. Niemand sonst erzählte mir Geschichten. Langsam taute ich auf. Auch fesselte mich der Betrieb in der Stadt, in der die Frau wohnte. Und bei ihr zu Hause gab es einen Hund. Den liebte ich. Spielte den ganzen Tag mit ihm.

Bevor es jedoch dazu kam, wurde ich ins Bad gesteckt. Meine Versicherungen, ich sei gewaschen fruchteten nichts. Die Frau zog mir einfach die Kleider aus. Widerstand ließ sie nicht zu. Darauf steckte sie mich in viel zu kühles Wasser. Und ich musste mit Gummienten spielen. Die Frau mochte diese Spiele über alles. Trieb sie jeden Tag mit mir. Fror mich, hob sie mich aus der Wanne und trocknete mich umständlich und lange ab. Obwohl ich das lieber selbst gemacht hätte.

Die Kleider und Spielsachen von meinem Vater wurden weggeschlossen. Sie erschienen der Frau nicht sauber und ordentlich genug. Stattdessen steckte sie mich in Kleider, die sie für mich kaufte. Ich bekam Spielsachen, die mir gehörten und doch nicht gehörten. Denn kehrte ich zu meinem Vater heim, musste ich sie bei ihr zurücklassen.

Die Frau bewohnte mit ihren Eltern zusammen ein herrschaftliches Haus. Ein Dienstmädchen erledigte die Arbeit. Mit ihm verstand ich mich gut. Ich versuchte, so oft es ging zu ihm in die Küche zu schlüpfen. Maria hieß es, war viel weniger steif als die übrigen Bewohner. Mit Maria konnte ich lachen. Und mühelos Italienisch lernen. Leider trug mir das die Schelte der Frau ein, die mich als ihr Eigentum betrachtete. Ich durfte nur selten bei Maria sein. Sie sei kein geeigneter Umgang für mich. Sei zum Arbeiten angestellt. Bildung habe sie keine, hieß es.

Das machte meine Tage in dem Haus noch länger und trübsinniger. Die Frau verstand es nicht, sich mit mir abzugeben. Tagsüber trug sie eine langärmlige, geblümte Schürze und ein Kopftuch und bearbeitete mit einem Flaumwedel ihr Schlafzimmer, in dem überall Fotografien von mir herumstanden. Deshalb hatte sie keine Zeit, mit mir zu spielen. Dennoch verbot sie mir, zu Nachbarskindern zu laufen. Während der kurzen Zeit, während der sie mich habe, wolle sie mich für sich allein, sagte sie.

Manchmal gingen wir zusammen in die Stadt. Ich durfte mir Filme ansehen, für die ich zu jung war. Und ich bekam heiße Schokolade mit Schlagsahne, die mir sehr schmeckte. Oft konnte ich die Frau auch dazu überreden, mir etwas zu kaufen. Das entschädigte mich fürs Alleinsein. Auch wenn ich das Geschenk später nicht mit heimnehmen durfte.

An den Abenden zog mich die Frau auf ihren Schoss. Umschlang mich mit den Armen. Faltete meine Hände in den ihren. Und ich musste mit ihr beten.

Hinterher legte sie mich ins Bett. Sie hatte die Angewohnheit, sich über mich zu werfen, mich zu herzen und zu drücken. Ich bekam kaum Luft. Und strampelte ich mich los, wurde sie wütend.

Ich bastelte aus Tüchern Baldachine über mein Bett, um mich zu schützen. Doch die Frau riss sie weg. Ich sei ihr Kind, schimpfte sie. Einer Mutter das Kind wegzunehmen, sei ein Verbrechen. Mein Vater werde dafür büßen. Der Herrgott lasse eine Mutter nicht im Stich. Mutterschaft sei etwas Heiliges. Nichts anderes ihr vergleichbar.

Es geschah während einer dieser Auseinandersetzungen, dass die Frau von mir verlangte, ich müsse sie von nun an „Mama" nennen. Denn sie sei meine leibliche, mir von Gott anvertraute Mutter. Diese Nachricht stürzte mich in tiefste Depression. Ich glaubte zu sterben. Der Abgrund, der sich durch diese Ankündigung vor mir auftat, schien unüberbrückbar. Die Frau hatte also tatsächlich ein Recht auf mich. Es gab keine Möglichkeit für mich, ihr zu entrinnen.

Kaum kehrte ich von den Ferien heim, stellte ich meinen Vater zur Rede. Er versuchte, die Sache ins Scherzhafte zu drehen. Ich solle der Frau nur ihren Willen lassen. Mich koste es ja nichts, meinte er. Doch mir war nicht ums Spaßen. Ich brach in Tränen aus. Das machte meinen Vater so ratlos, dass er einen Wutanfall kriegte. Er schrie nicht nur mich an, sondern auch meine Tante.

Es kriselte schon länger zwischen meinem Vater und seiner Schwester, die ich „Mama" nannte. Nun wurde das Leben zu Hause zur Hölle. Mein Vater und meine Tante feindeten einander unverhohlen an. Es hagelte Schimpfwörter. Zuweilen gingen sie aufeinander los. Oder sie bewarfen einander mit Kaffee und Schüsseln, gefüllt mit Essen. Sie ließen erst voneinander ab, wenn ich so laut schrie, dass ich ihr Gezeter übertönte. Dann schoben sie mich vor. „Es ist deine Schuld, wenn das Kind einen Schaden davonträgt", geiferten sie.

Als ich neun Jahre zählte, artete der Krieg zwischen den beiden so aus, dass mein Vater drohte, meine Tante aus dem Haus zu jagen. Solche Drohungen stieß er laufend aus. Doch diesmal schien es ihm ernst damit zu sein. Ich liebte meine Tante über alles und betrachtete sie als meine einzig wahre Mutter. Ohne sie mochte ich nicht weiterleben. Deshalb nahm ich meinen ganzen Mut zusammen. Mit gespreizten Beinen pflanzte ich mich vor meinem Vater auf. Tonlos, aber bestimmt sagte ich mit zitternder Stimme: „Dann bringe ich mich um." Ich hörte mir dabei zu. Mein Körper loderte vor Angst. Doch in mir drinnen herrschte Totenstille. Ich war mir absolut sicher. Das war mein Trumpf. Und zugleich der einzige Ausweg, der mir blieb.

Mein Vater stand wie vom Donner gerührt da. Zum ersten Mal drang ich zu ihm durch. Er hörte mich. Ich war ihm ebenbürtig.

Er gab keine Antwort. Stattdessen machte er auf dem Absatz kehrt und lief in sein Zimmer. Krachend schlug die Türe zu. Darauf brach ein Donnerwetter los wie selten zuvor. Mir durfte er nichts tun. Seine Wut wandte sich also gegen ihn selbst. Und sein Toben endete in einem Zusammenbruch, in dem er bedauerte, eine derart missratene Tochter zu haben.

Ich bebte immer noch vor Angst. Tief unter die Decke verkrochen schluchzte ich. Aber so, dass ich hörte, was um mich herum vorging. Ich war wachsam, wie ein Tier, das stets damit rechnet, dass es ihm an den Kragen geht.

In solchen und ähnlichen Bahnen verlief auch mein späteres Leben: eine Aneinanderreihung von Katastrophen. Ich schien sie förmlich anzuziehen. Sogenannt normale Verhältnisse kannte ich nicht. Es war ein Tanz auf dem hohen Seil. Unter mir gähnte der Abgrund.

Das trug dazu bei, meine Sehnsucht zu schüren. Ich war krankhaft sehnsüchtig. Vor allem nach Nähe. Nach Liebe. Nach Geborgenheit. Meine Grundhaltung hieß Verzweiflung. Auch tiefe Angst. Davon war ich besessen. Und das in zweierlei Hinsicht. Einerseits lähmte sie mich. Andererseits machte sie mich sprühend lebendig. Ich wurde nahezu süchtig nach Risiko und Gefahr. Alltäglichkeit empfand ich als öde und tot.

Beliebt war ich dadurch nirgendwo. Meistens war ich im Weg. Man empfand mich als störend. Ich passte in kein Bild. Und ich bekam das nicht nur zu Hause zu spüren, sondern vor allem in der Schule. Vor Klassenausflügen oder Ferienlagern graute mir. Denn niemand wollte mit mir gehen, mich im Bett neben sich haben. Meine Alles-oder-nichts-Haltung dem Leben gegenüber weckte Misstrauen und Abneigung. Ich war gleichzeitig zu bedürftig und zu unabhängig. Schon in jungen Jahren schockte ich Kameradinnen durch Gedanken, die ich dachte und durch Schlüsse, die ich daraus zog. Da auf meine Erwachsenen so wenig Verlass war, machte ich es mir zur Aufgabe unerziehbar zu sein. In das gängige Schema mochte ich auf keinen Fall passen. Rebellion wurde zu meinem Motto. Ich ging für alles und jedes auf die Barrikaden. Sobald es nur im Geringsten an meine Selbstbestimmung rührte. Alles zog ich in Zweifel. Nur meine eigenen Überzeugungen galten mir als heilig. Und das waren sehr machtvolle Überzeugungen. Mozart, zum Beispiel, erwies sich als wahres Bollwerk zum Überleben. Ebenso die Dramen von Schiller, die ich mit zwölf Jahren verschlang. Schillers Figuren wurden zu meinen Idolen. Mozart schenkte mir Momente blendender Helle. Ich verfügte über Große Konzentrationsfähigkeit. Vorausgesetzt mir behagte, worum es ging. Ich konnte mich in das, was mir wichtig schien so versenken, dass ich unaussprechbar wurde. Das hinderte meine Qual überhandzunehmen. Wirkte heilend. Verlieh mir Kraft. Obwohl ich litt wie ein Hund. Denn für meine Idole fand ich im Leben keine Entsprechung. Meine Messlatte hing zu hoch. Sehnsucht wurde zum Selbstzweck. Sehnsucht, die peinigte. Der nichts und niemand genügte. Und die mir mehrheitlich Schelte und Feindschaft einbrachte. Mich auch in fast vollständige Isolation trieb. Dennoch hatte ich regelmäßig eine Freundin, auf die ich sämtliche Hoffnungen und Erwartungen häufte. Ich nannte das Liebe. Glaubte, sie in der Tat zu lieben. Hielt mich vollkommener Liebe für fähig. Im Gegensatz zu anderen Menschen. Ich dachte, nur ich wisse, was Liebe sei. Und ich verfügte über das gewisse Etwas, das auch meine Freundin so denken ließ. Wenigstens für eine gewisse Zeit. Dadurch wurde sie mir hörig. Von dem Moment an kippte meine Liebe ins Gegenteil um. Ich fand die Freundin lästig. Ich mochte nicht, wer sich aufgab. Kampf verlieh Auftrieb. Niederlage verachtete ich.

Es dauerte lange, bis ich realisierte, dass ich Menschen aussog und jede Situation auf meine Zwecke ummünzte. Tatsächlich hielt ich mich für die Gebende. Sah mich als großzügig an. Obwohl nichts aus mir rauskam. Immer noch fand mein Leben ausschließlich in mir drinnen statt. Dort allerdings herrschte ich über Königreiche. Ich teilte mit vollen Händen Gaben aus. Und ich verstand deshalb nicht, warum mir selber nichts geschenkt wurde. Da ich doch ständig spendete.

Alles spielte sich nur in meiner Fantasie ab. Ich liebte Bilder, Schemen. Keine wirklichen Wesen. Ich schwärmte glühend für diese Utopien. Und natürlich versuchte ich das Menschenmögliche, um mein Leben diesen Utopien anzugleichen.

Ein Scheitern war unumgänglich. Ich blieb allein, obwohl ich mich nach Nähe verzehrte. Ein Teufelskreis. Je mehr ich mich bemühte, desto isolierter wurde ich. Niemand verstand mich. Ich versuchte stets, nur mich selber verständlich zu machen. Nie, andere zu verstehen. Andere hörte ich nicht. Sah ich nicht. Ich hielt ihre Welt für meiner Welt unterlegen. Was erlebten andere schon! Eingeschlossen in ihre kleinen Spießerleben. Ich dagegen kannte echtes Leben. Leben jenseits muffiger Alltäglichkeit. Wenn sie nur wollten, konnte ich ihre Kerker aufschließen. Sie befreien. Ich wusste den Weg aus der Enge. Und mehr noch: ich kannte den Preis dafür, war bereit dazu, ihn zu bezahlen. Ich konnte andere lehren! Zwar kannte ich den Preis für Leben wirklich. Er betrug hundert Prozent. Und aller Illusionen zum Trotz wusste ich, dass ein Feilschen unmöglich war.

Der Preis beinhaltete die Tatsache, dass ich allein war. Und immer allein sein würde. Darüber machte ich mir nichts vor. Auch wenn ich dieser Tatsache laufend zu entrinnen suchte. Ich begegnete schon als Kind den gewissen Nächten ohne Ausweg. Oft schlief ich schlecht. Oft gar nicht. Und es war niemand da um mich anzulehnen. Obwohl ich meinen Vater vergötterte, fürchtete ich mich vor ihm. Er besaß diese unheimliche Macht, die vernichten konnte. Davor musste ich auf der Hut sein. Es gab gute Tage. Dann war es unwahrscheinlich schön mit ihm. Doch die anderen überwogen. Und dann hatte ich nichts zu bestellen. Dann tobte Krieg. Und jedermann war jedermanns Feind.

Ich brauchte Zeit, bis ich erkannte, dass ich Leben grundsätzlich als mir feindlich gesinnt betrachtete. Meine Ideale strahlten. Sie verdeckten das Dunkel. Meine christlich gefärbte Erziehung ließ Feindschaft nicht zu. Rachsucht galt als ungebildet. Im Grunde genommen bestand mein Leben jedoch aus einem einzigen Rachefeldzug. Ich ritt Attacke auf Attacke. Von gelöstem Ausruhen keine Spur. Mit dem Rasseln des Weckers begann mein Kampf. Und er hörte nicht auf, als bis ich wieder einschlief. Und meistens tobte er in meinen Träumen weiter. Das hielt ich für das Leben. Für jedermanns Leben. Leben schlechthin. Niemand entging dem. Wer es nicht so sah, war unterentwickelt. Und ich musste ihm auf die Sprünge helfen.

Einerseits litt ich unter der ständigen Vergewaltigung, der ich ausgesetzt war. Handkehrum vergewaltigte ich ebenso. Ich schlug alles über meinen eigenen Leisten. Erlebte mich als Opfer und übte gleichzeitig Kontrolle aus. Ich passte mich scheinbar an. Doch eigentlich blieb ich unbeugsam. Obwohl ich mich für sehr geradlinig und edel hielt, war ich verschlagen und hinterhältig.

****

4. KAPITEL

Bereits im Kindergarten lernte mein Lehrer, mit dem Atem umzugehen. Nach dem Morgengebet und einigen Körperübungen war die Atemklasse dran. Mein Lehrer liebte sie. Ebenso wie er später das Zeichnen, die Naturkunde und das Theaterspielen liebte. Es erschien ihm als normal, im Atmen unterrichtet zu werden. Den Schülern wurde beigebracht, den Atem zu kanalisieren, ihn frei strömen zu lassen, oder ihn anzuhalten. Je nach Bedarf.

Der hübsche Bub mit den übergroßen, leuchtenden Augen ging willig zur Schule. Das gehörte sich so. Besonders wohlgelitten war er bei seinen Kollegen immer noch nicht. Seine Eigenständigkeit schüchterte auch sie ein. Und er selbst tat nichts, um dem aus dem Weg zu gehen. Scharten sich dennoch ein paar Mutige um ihn, wurde er ihr Anführer. Denn vom Gehorchen hielt er nichts. Ihn dürstete nach prallem Lebendig sein. Er ließ sich nicht bremsen durch Argumente duckmäuserischer Vorsichtigkeit. Dafür lebte er zu gern. Mit jeder Faser seines Sein. Und es machte ihn nichts wütender, als wenn versucht wurde, diesen Enthusiasmus in ihm zu beschneiden.

Sich wehren zu müssen, machte ihn aber auch traurig, wollte er doch als braves Kind dastehen, seiner Mutter keine Schwierigkeiten bereiten. Nie im Leben. Tat er es dennoch, stürzte ihn das in Gewissensnöte. Er war ängstlich darauf bedacht geliebt zu werden. Er brauchte diesen Rückhalt. Sein Vater starb früh. Und der Bub litt darunter vaterlos aufzuwachsen. Es schwächte sein

Selbstvertrauen. Sein Leben gestaltete sich dadurch zu einem Trapezakt zwischen dem Willen nach Selbstbestimmung und der Angst vor Liebesentzug.

Integrität und Ehrlichkeit gingen dem Jungen über alles. Das Lügen lag ihm nicht. Selbst über Notlügen geriet er in Zwiespalt. Im Erfinden von Streichen war er äußerst begabt. Dafür stand seine Fantasie hinterher Kopf, um beim Ertappt werden plausible Erklärungen zu produzieren. Das machte ihn zum Meister im Geschichtenerzählen. Es war verblüffend, ihm dabei zuzuhören. Keine zweimal klang dieselbe Geschichte gleich. Sie veränderte sich gemäß den Bedürfnissen der Zuhörer sowie der Umstände.

Manche nahmen ihm das übel. Vor allem als Erwachsener traf ihn immer wieder der Vorwurf der Lüge. Es brauchte in der Tat Flexibilität, nicht am Ablauf einer Geschichte hängenzubleiben, sondern auf ihre Essenz zu hören. Das war nicht jedermanns Sache. Es zog seine Rechtschaffenheit in Zweifel. Und schuf ihm Feinde.

Nicht wenige seiner späteren Studenten wandten sich im Zorn von ihm. Fühlten sich von ihm an der Nase herumgeführt, oder sogar hintergangen. Sein Schmerz darüber wurzelte tief.

Ein großartiger Schüler war mein Lehrer nicht. Mäßiger Durchschnitt. Er konnte sich zu wenig aufs Lernen konzentrieren. Oft plagte ihn Heimweh. Die Internate, in die seine Mutter ihn schickte, gehörten zum Feinsten. Doch unter den Kollegen fand sich keiner, dem er seine innersten Gedanken und Gefühle offenbaren mochte. Er fühlte sich als Fremder. Mit seiner leidenschaftlichen Liebe zu allem Lebendigen blieb er allein. Dazu litt er unter der Brutalität des Schulsystems. Die Prügelstrafe gehörte zur Tagesordnung. Ging es doch darum, Männer zu formen. Keine Weichlinge. Auch vor Vergewaltigung wurde nicht zurückgeschreckt. Mein Lehrer wuchs zu einem auffallend hübschen Jungen heran, mit fast mädchenhaften Zügen. Das reizte. Zudem vertrat er nicht gerade alltägliche Ansichten.

Bruderschaft unter den Menschen stellte eines seiner Hauptanliegen dar. Darüber hielt er schon in der Primarschule Predigten. Des Nachts kletterten er und einige Getreue übers Dach des Instituts zur Kapelle. Dort beteten sie unter Anleitung meines Lehrers. Und dort hielt er seine ersten Ansprachen.

Ein eigenes Gebetbuch verfasste der Bub bereits mit acht Jahren. Damals herrschte Krieg:

einmal spielte er im Park seines Heims, als eine Messerschmidt über ihn hinwegpfeilte. Der Pilot beschoss ihn. Ohne ihn zu treffen. Doch hinterher sah der Boden wie umgepflügt aus. Und einer der uralten mächtigen Bäume stand völlig zerfetzt da. Ein Bild, das mein Lehrer nicht mehr vergass. Schönheit konnte zerstört werden. War nicht einfürallemal sicher. Auch sein Liebstes auf der Welt, sein Heim, war nicht einfürallemal sicher. Ein bestürzender Eindruck. In seinen selbstverfassten Gebeten bat der Bub um Schutz gerade für diese Werte.

Da der Mensch, sein Nächster, im Leben meines Lehrers eine Hauptrolle spielte, beschloss er Medizin zu studieren. Er wünschte zu helfen, zu heilen. Doch überwog der visionäre Teil in ihm. Das wissenschaftliche Denken lag ihm nicht. Er erkannte schweren Herzens, dass er die Prüfungen nicht bestehen würde. Deshalb sattelte er auf Sprachen um, verliebte sich ins Französisch. Machte darin leidliche Fortschritte.

Journalist zu werden, war sein nächstes Ziel. Denn dass er nicht ins Familienunternehmen eintreten würde, stand für ihn fest. Zwar wäre er dann ein gemachter Mann. Seine Familie zählte zu den vermögendsten. Gegen das Reichsein an sich hatte er nichts einzuwenden. Nur dagegen, wie Reichtum gemeinhin zustandekommt. Sklaverei spielt dabei eine Rolle. Unterdrückung und Ausbeutung. Faktoren, zu denen er nie und nimmer jasagen mochte. Er hielt es nur wenige Wochen im Familienkonzern aus. Man verwöhnte ihn wie einen Prinzen, las ihm jeden Wunsch von den Augen ab . Man gab sein Aeusserstes, um ihm zu helfen, sich zur Spitze hochzudienen. Doch nichts fruchtete. Mein Lehrer türmte. Den Gedanken, seine Energie fürs Geldverdienen dranzugeben ertrug er nicht. Enterbung folgte auf dem Fuss. Ihm blieb das persönliche Konto. Seiner Vergünstigungen ging er verlustig. Auch der freien Jagd. Des Fischfangs. Und doch liebte er gerade das Fischen unbändig.

Eine Zeit des Trotzes brach für meinen Lehrer an. Er verschanzte sich in einer billigen Kellerwohnung, in der es von Kakerlaken wimmelte. Um sein Bett zog er einen Ring von DDT. Dem Gestank rückte er mit Räucherstäbchen zu Leibe. Des Nachts trommelte er sich sein Elend von der Seele. Er war tief verletzt. Zu Tode gekränkt. Auch durch den Umstand, dass seine Mutter ihr gemeinsames Heim verkaufte. Sie wollte wieder heiraten und mit ihrem Mann ans Meer ziehen.

Der Verlust seines Heims schmerzte meinen Lehrer in einem Mass, das es ihm unmöglich machte zu verzeihen. Im geheimen hörte er nie auf davon zu träumen, es zurückzukaufen. Nur womit? Er war vergleichsweise arm. Und auf sich selbst gestellt. Wenn er auch weiterhin der Gesellschaftsschicht angehörte, die ihn grossgezogen hatte. Immer noch wurde er zu Empfängen, zu Bällen eingeladen. Das Herrsein lag ihm im Blut. Es liess sich nicht von heute auf morgen abschütteln. Obwohl er es versuchte.

Er begegnete berühmten Sängern. Ging in der Show-Szene ein und aus. In der Jugend kümmerte er sich kaum um Musik. Nun wurde sie zum Wichtigsten in seinem Leben. Er kaufte sich eine Gitarre. Er nahm Gesangsunterricht. Und verdiente sich die Sporen mit Folk-Songs in Fussgängerzonen. Auch in Restaurants. Bedingt durch seine Herkunft kannte er eine Unmenge an Leuten. Das kam ihm zugute. Einsam war er. Allein nicht.

Die Nächte schlug er sich auf Parties um die Ohren, in In-Lokalen. Edle Tropfen flossen in Strömen. Nicht zu trinken war undenkbar. Es gehörte zum guten Ton. Zum Lebensgefühl der jungen Leute, der linksintellektuellen Schriftsteller, Künstler, Weltverbesserer jeder Provenienz, die er frequentierte. Er wurde zum

Bohémien. Das Ende des zweiten Weltkriegs beflügelte ihn und seine Freunde. „Nie wieder Krieg": hiess das Motto. Man musste zusammenstehen, einander helfen. Eine Woge der Verbrüderung erfasste die Jungen. Aus den Staaten hielt der Jazz Einzug. Petticoats und Nierentische kamen in Mode.

Seine Militärzeit verbrachte mein Lehrer auf See, im Bauch von Unterseebooten. Er litt unter Seekrankheit. Und seine Kenntnisse der Materie waren äusserst dürftig. Zum Offizier befördert wurde er nur dank der ihm attestierten Führungsqualitäten. Der Dienst auf See kam ihn hart an. Der unmittelbare Kontakt mit den Elementen entschädigte ihn ein wenig. Er liebte den Wind, den endlosen Sternenhimmel, das sturmgepeitschte Meer. Und er liebte seine Kollegen. Man lebte auf engstem Raum zusammen. War ständig aufeinander angewiesen. Das lehrte ihn Kollegialität. Mitgefühl entwickelte sich daraus. Er half, wo und wem er konnte. Auch mit seinen Händen.

Schon als Kind kam mein Lehrer der Heilkraft in seinen Händen auf die Spur. Nun wandte er sie gezielt an. Und seine Kameraden dankten es ihm. Keine der Freundschaften auf See überdauerte den Militärdienst. Doch die Beziehung zu seinen Mitmenschen veränderte sich dadurch. Mein Lehrer wurde beliebt. Man suchte seine Nähe, hörte auf seinen Rat.

Er entwickelte sich zu einer charismatischen Persönlichkeit. Auch wenn vorderhand meistens Chaos seinen Alltag prägte. Gelegentlich jobbte er. In der Werbung. In der Versicherungsbranche. Jobs, die er hasste. Er hielt nichts von routinemässiger Arbeit. Sie untergrabe seine Kreativität, behauptete er.

Seine Mutter, Freunde der Familie versuchten, ihn zu einer Ausbildung zu überreden. Ihm eine geregelte Tätigkeit schmackhaft zu machen. Er hörte nicht zu. Es schien, er behalte sich für etwas auf. Doch wofür, wusste er nicht. Als Sunnyboy flogen ihm die Herzen zu. Das schien vorderhand das Wichtigste zu sein.

In seinem Inneren jedoch blieb mein Lehrer ein Sucher. Ein verzweifelter Sucher. Er zählte noch nicht zwanzig Jahre, gehörte er schon einer Gurdjieff-Schule an. Er lernte über Nacht, worauf es dabei ankam. Seine innere Biegsamkeit machte es ihm leicht, sich den Erfordernissen anzupassen. Eine Biegsamkeit, die sich manchmal von Labilität kaum unterschied. Es sah aus, als verfüge er über keinerlei Haut. Als bestehe sein Körper aus lauter Sensoren. Eindrücke brannten sich ihm schutzlos ein. Das Filtern gelang ihm nur mühsam. Schuldgefühle entwickelten sich daraus. Die Erfahrung, nicht zu genügen bescherte ihm unterschwelliges Leiden.

Zum Leben, das normalerweise als Leben angesehen wird, konnte und wollte er nicht jasagen. Das bestimmte ihn zum Querschläger. Wider Willen. Das drückte sich auch in seinem Benehmen aus. An sich verfügte er über tadellose Manieren. Die Regeln und Gesetze seiner Gesellschaftsschicht kannte er in- und auswendig. Sie blieben ihm zeitlebens wichtig. Dennoch befand er sich auf Kriegsfuss mit ihnen. Das führte dazu, dass er auf einer der Parties einen Kronleuchter mit einer Schaukel verwechselte. Es gefiel ihm, sich schillernd und unberechenbar zu geben. Es gehörte zu seiner Vorstellung von Lebensqualität. Machte ihn jung. Jungenhaft. Seinem jungenhaften Charme verdankte er, dass ihm niemand ernsthaft zürnte. Er wirkte harmlos. Die Frauen bezauberte seine scheinbare Hilflosigkeit. Sie weckte Beschützerinstinkte in ihnen. Dadurch verliebten sie sich leicht in ihn. Auf spielerische Weise. Das gegenseitige Hofieren betrieb man als Sport. Filme aus den USA lieferten die Klisches dafür.

Er selber war andauernd Feuer und Flamme für irgendeine seiner Angebeteten. Ueberschwang gehörte zu seinem Leben wie die Luft zum Atmen. Er sehnte sich nach Entgrenzung. Nach Preisgabe. Der Brand in seinem Herzen loderte ohne Unterlass. Doch für eine Beziehung reichte das nicht aus. Frauen sind nicht die aetherischen Wesen, als die er sie verstand. Sie stellen Forderungen, wollen ernst genommen werden. Daran scheiterte er. Er begriff, dass seine Liebe bei Frauen nicht haltmachen durfte. An erster Stelle stand Gott. Er allein verkörperte den Massstab. Nur sich ihm zu überantworten, zählte. Dennoch verzehrte er sich nach der Frau. Der Frau als Mittlerin, als Brücke. Aber auch als Dienerin.

Um der Richtungslosigkeit seines Daseins sowie der Gurdjeff-Schule zu entkommen, entschied er sich fürs Reisen. Mit dem Ziel Amerika. Freunde der Familie beherbergten ihn dort, Verwandte. Wieder schloss ihm seine Herkunft Tür und Tor auf. In New York verwöhnte man ihn wie einen Fürsten. In New Orleans fand er bei einem Onkel Unterschlupf, den er verehrte wie einen Mentor. Und von dessen Weisheit und Kompetenz er sich entscheidend prägen liess.

Andere Verwandte versuchten, ihn durch Heirat an sich zu binden, ihm das Tabakgeschäft schmackhaft zu machen. Er war hin- und hergerissen zwischen Faszination und Abstossung. Die Schwarzen bewunderte er. Die Geschmeidigkeit ihrer Körper. Ihren machtvollen Gesang. Die Schönheit der Landschaften begeisterte ihn. Die Geldgier, die Politik widerte ihn an.

Weilte er nicht gerade zu Besuch, bediente er sich seiner Stimme und der Gitarre zur Beschaffung des notwendigen Kleingelds. Beinahe wäre er beim Film untergekommen. Beinahe wäre er umgekommen, als er bei einem der Grossen der Baumwollbranche anheuerte. Sein Akzent bestach. Und er wurde für Telefondienste engagiert. Manchmal auch zum Singen. Oder als Gesellschafter. Seinen Boss gelüstete es teuflisch, seinen schwärmerischen Angestellten zu terrorisieren. Einmal nahm er ihn zu einer Bootsfahrt auf dem Mississippi mit. Hochwasser herrschte. Der Fluss kochte, führte haufenweise Bäume und Tierkadaver mit sich. Mittenhinein steuerte der Boss sein Boot. Es grenzte an ein Wunder, dass die beiden ungeschoren davonkamen.

Oder er lud meinen Lehrer zu einer Fahrt im Porsche ein, hielt schnurstracks auf eine Mauer zu. Erst im allerletzten Moment riss er das Steuer herum.

Der Weltenbummler war heilfroh, als seine Zeit im Baumwollgeschäft sich dem Ende näherte. Als Bezahlung für seine Dienste erbat er sich ein Ticket nach Japan. War er schon so weit gelangt, konnte er seine Reise genausogut fortsetzen.

Der Gedanke an Japan fesselte ihn. Im Flugzeug lernte er eine Stewardess kennen. Sie verriet ihm ihre Adresse. Und kaum ausgestiegen, liess er sich im Taxi zu ihr chauffieren. Leider sprach er kein Wort Japanisch. Und offenbar hatte er besagte Adresse nicht richtig mitgekriegt. Auf jeden Fall lud ihn der Taxifahrer vor einem Zen-Kloster ab. Mein Lehrer nahm die Herausforderung an. Hellhörig wie er war, passte er sich der Situation nahtlos an, wurde zum perfekten Gast. Sein aufgewühltes Nervensystem beruhigte sich. Die tausend Reiseeindrücke ordneten sich. Die Schönheit des Zen-Gartens, in dem er soviel Zeit als möglich verbrachte, wirkte wie Balsam auf sein aufgestörtes Gemüt. Japan nahm ihn für sich ein. Er wurde zu sämtlichen Zeremonien geladen. Seine Beobachtungsgabe, seine vollendeten Manieren liessen ihn automatisch das Richtige tun. Als er merkte, dass es Zeit wurde zu gehen, blutete sein Herz.

Doch kaum zurück in der Welt, spülte ihn der quirlige Alltag Japans mit sich fort. Er logierte in einem traditionellen Gasthaus. Geishas umschwärmten ihn. Er besuchte Geschäftsfreunde seiner Mutter. Sass in Tempeln. Stundenlang. Sein Herzschlag passte sich dem leisen Schlurfen der Mönche an. Sein Gemüt floss über. Würde er länger in Japan wohnen, würde er die Staatsbürgerschaft beantragen, dessen war er sich sicher. Doch auch von Japan trieb ihn die Unrast fort. Er wandte sich nach Hongkong, besuchte auch dort Bekannte. Jubelte. Feierte. Wurde krank. Litt.

Er reiste nach Bangkok, dessen Schönheit er erlag: Sonnenuntergänge, die das Gold der Tempeldächer aufsaugten und es als gleissende Feuerströme gen Himmel schleuderten. Kraft. Brutalität. Verderbtheit. Gerüche von Moschus. Unrat. Blut. Leben auf jeder nur denkbaren

Ebene. Strotzend vor Pracht. Starrend vor Dreck. Eine Multivision menschlicher und tierischer Existenz.

Ohne Ziel oder Wunsch tauchte er unter in der brodelnden Lebendigkeit. Wurde Teil von ihr. Wurde sich bewusst, dass er Teil von ihr war. Fühlte sich glücklich.

Sogar prominent wurde er in Bangkok. Auf Umwegen über Freunde lud man ihn ein, zur Premiere eines Films Lieder vorzutragen. Zum näselnden Sound eines achtzehnköpfigen siamesischen Orchesters intonierte er Negro-Spirituals. Das Publikum raste. Es starrte ihn an wie ein Weltwunder, umdrängte ihn, schrie nach Autogrammen.

In Bangkok verliebte er sich auch. Sie war schöner als alles, was er je gesehen hatte. Eine Göttin. Und sie wohnte mit ihren Eltern in den Klongs. Das Mädchen hoffte auf eine Heirat. Dass er nichts für sie tun konnte, zerriss ihm das Herz. Doch er musste weiter. Ueber Kalkutta nach Karachi.

Noch einmal genoss er im Verwandtenkreis die Vorzüge seiner Herkunft. Die Jagd, das Angeln von Barracudas, von Thunfisch. Dann plötzlich brach er zusammen. Schon auf dem Flug nach Hause hielt er sich kaum mehr auf den Beinen. Ruhr zermarterte seine Eingeweide. Panik störte ihn auf, wenn er sich vorstellte, was nun werden sollte. Immer noch waren seine Hände leer. Anzubieten hatte er so gut wie nichts. Gelernt ebensowenig. Und von Plänen konnte schon gar keine Redesein.

Bezüglich des Krankseins begab er sich in Spitalpflege. Gegen seine Ratlosigkeit zeigte sich vorderhand allerdings kein Heilmittel. Einzig die Hoffnung auf einen Fingerzeig half ihm auszuharren. Da rollte die nächste Woge heran. Und er erhielt die Chance, sich als Musiker zu profilieren. In einem berühmten Nachtclub erkrankte ein Sänger eines Duos. Man erinnerte sich an meinen Lehrer. Er sprang ein.

Und es klappte auf Anhieb. Mit seinem Partner avancierte er im Handumdrehen zum begehrtesten Duo der Stadt. Ein Engagement jagte das andere.

Bald gesellte sich eine Sängerin zu den beiden. Und eine steile Karriere nahm ihren Anfang. Die Band absolvierte drei Auftritte pro Tag. Und das in Clubs, in denen die unterschiedlichsten Darsteller auftraten. Von Affenbändigern zu Rollschuhartisten bis zu trompetenschmetternden Jungfrauen, Feuerspeiern und Illusionisten.

Da sich das weiche, rote Haar meines Lehrers bereits erheblich lichtete, trug er ein Toupet. Er sah blendend aus. Das Publikum vergötterte die Band. Seine samtene, anschmiegsame Stimme trug wesentlich dazu bei. Im Gitarrespielen brachte er es nicht über ein paar Grundakkorde hinaus. Im Singen jedoch überzeugte er voll. Das bewiesen die Auslandsengagements der Band, die Einladungen in die Staaten, zu Fernseh-Shows, Plattenaufnahmen. Sogar den höchsten zu vergebenden Preis gewann die Band. Sie hatte es geschafft. Und da zeigten sich auch bereits die ersten Verschleisserscheinungen. Der kometenhafte Aufstieg laugte die Mitglieder aus. Reibereien gehörten zur Tagesordnung. Gehässigkeit nahm überhand. Mein Lehrer, dem nichts über Harmonie ging, vermittelte. Das half vorübergehend, täuschte jedoch nicht darüber hinweg, dass die Band am Ende war. Man trennte sich.

Inzwischen heiratete mein Lehrer, wie in seinen Kreisen üblich. Ein Sohn wurde dem Paar geschenkt, ein Kind der Liebe. Dennoch bröckelte die Ehe. Eine Scheidung schien unumgänglich.

Die innere Unrast hielt den jungen Vater auf Trab. Die Hippie-Zeit brach an. Die Botschaft von Woodstock traf ein. Hochfliegende Ideale riefen nach Erneuerung.

Spirituelle Zentren schossen wie Pilze aus dem Boden. Lehrer meldeten sich überall zu Wort.

Einem von ihnen schloss sich auch mein Lehrer an. Das zog tiefgreifende Umwälzungen in seinem Leben, in seinem Inneren nach sich. Vor allem die hautnahe Erfahrung, dass für ihn einzig der spirituelle Weg in Frage komme.

Mein Lehrer liess sich eine Kutte schneidern, tauschte die Schuhe gegen Sandalen, drapierte sich einen Radmantel über die Schultern. Ein Bart und seine nun wie Kohlen glühenden Augen vervollständigten die Erscheinung. Eine imposante Erscheinung: kraftvoll, majestätisch, respektgebietend.

****

5. KAPITEL

Es war ein bedeckter Herbsttag. Einer von denen, die mich an meine Kindheit gemahnen. Meine wollene Kappe wurde hervorgeholt. Die gestrickten Handschuhe. Und meine Tante strich Butterbrote, die sie mit frischen Nüssen besteckte.

Die Erinnerung an diese Dinge erscheint jedes Jahr auf meinem inneren Bildschirm. Ich rieche den unverwechselbaren Geruch modernden Laubs. Dazu spüre ich die kühle Feuchtigkeit in den Knochen. Ich liebe Herbsttage. Auch wenn sie mich mit Trauer erfüllen. Keiner quälenden, so wie früher. Es ist eher ein sich ins Vergehende Schicken. Tod. Uebergang. Loslösung. Der Gedanke daran macht nicht mehr Angst. Ist ständig anwesend. Doch im Herbst mit zusätzlichem Gewicht. Je dunkler die Tage, desto schwerer wiegt er.

Jener bestimmte Tag wog sehr schwer. Ich sass mit meinem Partner beim Frühstück. Es herrschte gedrückte Stimmung. Aus keinem besonderen Anlass. Es ging uns gut. Zu klagen gab es nichts. Trotzdem begann ein Nörgeln. Die Spannung stieg. Ein Angriff folgte. Darauf ein heftiger Vorwurf, der an meinen Grundfesten rüttelte. Das Thema: Manipulation. Es beschäftigte mich seit längerer Zeit. Ohne dass ich es zur Sprache brachte. Nun brach es zur Oberfläche durch.

Früher hätte ich mich gegen den Angriff gewehrt. Mich in Rechtfertigungen verloren. Gegenangriffe gestartet. Massive. Um den Gegner zu übertrumpfen.

Nun sass ich einfach da. Hörte zu. Gab recht. Nicht dass mir das gefiel. Mir ging bloss die Luft aus. Ich war des

Kämpfens überdrüssig. Und vor allem wollte ich mich nicht mehr verteidigen. Es lohnte nicht. Wozu auch? Um mein Selbstbildnis zu bewahren? Das war längst zersprungen. Infolge von Müdigkeitserscheinungen. Von Mangel an positiven Resultaten. Es war nicht wert gewesen, dafür auf die Barrikaden zu steigen. Nicht für diesen fadenscheinigen Haufen diffuser Muster. Auch die aufkeimende Feindschaft gegen den Angreifer erstarb. Ich schwieg. Liess zu. Kein Schmerz brandete auf. Keine inneren Tränen rannen. Mein Partner hatte ins Schwarze getroffen. Hatte gut getroffen. Trat eine Türe auf, die nur angelehnt war.

Ich fühlte mich dankbar. Einfach dankbar. Und erleichtert. Ich wurde durchschaut. Meine Psycho-Spiele lagen offen. Nicht einmal vor Liebesentzug fürchtete ich mich. Ich genügte vielen Erwartungen nicht. Und ich fühlte mich wohl dabei. Soviel Geschwätz erübrigte sich dadurch. Soviel Knatsch.

Eine Schwelle war dafür zu übersteigen gewesen. Die Schwelle des Einhaltens. Des Ertragens von Stille. Durch nichts bevölkerter Stille. Vor allem nicht durch Bestätigung.

Am Anfang dieses Prozesses standen Verlustgefühle. Gigantische. Und jaulende Aengste. Die Angst vergessen zu werden. Die Angst übergangen zu werden. Die Angst verlassen zu werden. Wie, wenn ich keinen Erwartungen mehr entsprach? Wenn ich nicht mehr genügte? Was dann? Wenn nur Nacktheit blieb? Kaum noch Gesprächsstoff? Blosses So-sein? Da-sein? Ein Ich, als Faktor ohne Gewicht?

Es brauchte eine Angewöhnungszeit. Ein mich Anschleichen an diesen Zustand. Jahrelangen Entzug. Ein Geschältwerden wie eine Zwiebel. Würde das Ergebnis eine Niemand sein? Ein höriger Haufen Abhängigkeit?

Konnte ich darauf zählen, dass mein Partner diesen Prozess mit mir durchstand? Brauchte ich das? Ging das überhaupt? Steckte hinter dieser Hoffnung nicht wieder Manipulation? Das kleine Kind, das gegängelt werden will? Das pausenlos Aufmerksamkeit erheischt? Aus sich selbst heraus nicht lebensfähig ist?

War ich aus mir selbst heraus lebensfähig? In dieser Nacktheit? Und Ungeschütztheit? Gesichtslos sozusagen?

Angst und damit verbundene Verkrampftheit wichen zusehends. Ich spürte, wie ich ins Lot sackte. Auch mein Körper machte mit. Es verursachte ziemliche Schmerzen. Der Körper musste sich neu ausrichten. Das tat weh. Muskeln, Sehnen, Knochen wehrten sich gegen das Loslassen. Vor allem die Hände wehrten sich. Wehrten sich gegen das Leerwerden. In den Händen verbargen sich geradezu unglaubliche Aengste.

Wenn ich selbst nicht mehr umarmte, würde ich dann noch umarmt? Ich musste das Risiko eingehen. Das Risiko, dass blossgelegt wurde, was ich nicht sehen wollte. Wo stand ich zum Beispiel in unserer Beziehung? Liebte ich meinen Partner? Oder vereinnahmte ich ihn bloss? Das Ja auf diese Frage glich einer Bankrotterklärung.

Der Lack blätterte zusehends von meinen Bildern ab. Vom Bild meiner selbst. Vom Bild meines Lebens. Meiner Talente und Fähigkeiten. Meiner Rechte. Vom Bild meiner Beziehungen. Demjenigen, das ich mir von Mitmenschen machte.

Ich verstummte. Das schuf Raum. Raum, der mich lehrte zuzuhören. Zuzuhören ohne sofortige Erwiderung.

Das wiederum beruhigte meinen Anspruch aufs Rechthabenmüssen. Ich ertrug es, ins Unrecht gesetzt zu werden. Es schweigend anzunehmen. Ich erfuhr viel dadurch. Lernte den Schmerz und die Hilflosigkeit anderer sehen.

Mein Zwang zu Perfektion sank. Der Verlust darüber wurde erträglich. Das untergrub behutsam meine Einsamkeit. Neue Informationen drangen zu mir durch. Je mehr mein Lebensbild in Stücke brach, desto farbiger, lebendiger wurde meine Erlebnisfähigkeit. Desto weniger brauchte ich mich zur Wehr zu setzen. Gegen was auch immer. Leben als solches wurde annehmbar. Ich konnte eine meiner Masken um die andere aufgeben. Fast wie im Spiel. Ich wurde durchsichtig wie Glas. Nur für mich selbst. Das genügte.

Die Erkenntnis meiner Manipulativität löste tiefe Betroffenheit in mir aus. Ich tat buchstäblich nichts ohne Berechnung. Und der weitaus grösste Prozentsatz meiner Handlungen entstammte Unsicherheit. Der Angst vor Ausgrenzung.

Angst stellte die Triebfeder meines Lebens überhaupt dar. Wie bei einem Tier. Das Ziel bestand in Schutz. Und im Ueberleben. Nichts sonst schien zu existieren. Ich war in jeder Hinsicht hörig. Für ein Körnchen Bestätigung verleugnete ich mich gnadenlos. Ich fungierte als reine Marionette. Um zu überleben gab ich mich auf.

Durch die Arbeit mit meinem Lehrer kam ich diesen Tatsachen allmählich auf die Spur. Sehr allmählich. Ich musste zuerst eine Unmenge psychischen Schutt beiseite räumen. Und stets tauchte neuer auf. Immer noch sah ich nicht auf den Grund. Doch der Herzschlag meines Hampelmanndaseins verlangsamte sich. Er gab seinen Geist nicht ganz auf. Ein Minimum davon behielt er, um im Alltag zu bestehen. Ich wollte nicht in eine neue, noch subtilere Anti-Haltung abrutschen. Nicht eine Haltung gegen eine andere eintauschen. Möglichst keine Haltung anzunehmen wünschte ich. Urteilslos anwesend zu sein. Ohne Anspruch.

Ich war an diesem gewissen Herbsttag etwas mehr als fünfzig Jahre alt. Gegen Mittag klarte der Himmel auf. Die Sonne schaute hervor. Es wurde warm genug, um im Garten zu arbeiten. Verblühtes wegzuschneiden. Die letzten Beeren zu pflücken.
Gartenarbeit bedeutete mir viel. Jahrelang hatte ich meinen Schmerz mit Gartenarbeit betäubt. Und ein erstaunlich lebendiger Garten entstand. Es verblüffte mich immer neu, dass Zerstörung Kreativität möglich machte. Je mehr ich mir selber abhanden kam, desto kreativer wurde ich. Es entstand etwas durch mich. Ich mutierte zum Werkzeug für dieses Entstehen. Eine Sichtweise, an die ich mich gewöhnen musste.

Als junges Mädchen träumte ich davon, Künstlerin zu werden. Es kam nicht dazu. Mein unaufhörliches Hinterfragen verunmöglichte es. Ich konnte mich keiner Inspiration hingeben. War pausenlos auf der Suche. Wie besessen. Ueber dem Stillestehen wäre ich explodiert.

Meinem Partner und mir gehörten Schafe und Ponies. Verreiste mein Partner, besorgte ich die Stallarbeit. An einem bestimmten Morgen karrte ich den Mist auf den Haufen. Auf einer Seite war der Haufen eingebrochen. Es sah jämmerlich aus. Eine Schande. Und es würde Stunden dauern, den Schaden zu beheben.
Ich erschrak. Aus zweierlei Gründen. Ich fürchtete mich vor Schelte. Und ich fürchtete mich vor Konfrontation. Der endlich fälligen Konfrontation mit mir selbst. Mir war erklärt worden, wie ein Misthaufen zusammenhält. Ich

hörte nicht hin. Fand es unnötig. Wusste es besser. Nun stand ich vor dem Resultat.

Nicht nur, dass ich mich schämte. Ich fühlte Panik in mir aufsteigen. Bodenlosigkeit. Nicht einmal zur einfachsten Arbeit taugte ich. Nur Verachtung dafür erfüllte mich. Die selbstverständliche Annahme, es sei alles ein Irrtum. Eines Tages werde ich zu einem würdigen Leben erwachen. Zu einem mir gemässen. Um mich her sei Licht. Ich sei geachtet. Gelobt. Erkannt. Als das Besondere. Das auffallend Besondere, als das ich mich verstand.

Wie verrückt hungerte ich nach Belohnung. Leben und Belohnung bedeuteten für mich ein und dasselbe. Für Belohnung tat ich fast alles. Für einen Blick, ein freundliches Wort. Ich war so lange verkannt worden. Einmal musste sich das doch ändern! Einmal musste doch gesehen werden, wer ich war. Wie einzigartig. Wie wertvoll. Obwohl ich mich ungeschickt verhielt. Obwohl ich vieles nicht konnte. Wenn ich nur hart genug arbeitete. Wenn ich nur gab und gab und gab.....

Am Leiden darüber, dass nichts zurückkam, zerbrach ich. Wut, Zorn liess ich nicht zu. Mir wurde gesagt, ich sei an meinem verpfuschten Leben selber schuld. Ich glaubte es. Sog meine Schuld wie Honig auf. Innerlich geisselte ich mich ob meiner Schlechtigkeit. Sah kein gutes Haar an mir. Bettelte weiter nach Liebe.

Wüste Szenen folgten. Szenen der Erniedrigung, der Auflösung. Hart an der Grenze zum Ueberschnappen.

Ich zermarterte mich im Käfig meiner Isolation. Meine Bemühungen erreichten die Umwelt nicht. Oder doch nur verzerrt. Ich wollte ehrlich sein. Stattdessen warf man mir Arroganz vor. Ich schrie nach Verständnis. Man wies mich nur noch kategorischer ab.

Je verzweifelter ich versuchte, mich glaubhaft darzustellen, desto mehr wuchs die Kluft zwischen mir und der Welt. Oft wünschte ich mir den Tod. Dann wieder obsiegte Optimismus. Wie Phönix aus der Asche gedachte ich aufzuerstehen. Es war nur eine Frage der Zeit. Die richtige Formel brauchte ich. Sie würde meinen Kerker aufschliessen. Und ich fände mich im Glanz.

Die Idee von Sieg liess sich nicht ausrotten. Ich versuchte es auch gar nicht. Ich glaubte felsenfest daran, Sieg stehe mir zu. Noch nie war es mir gut gegangen. Stets war ich nur benutzt worden. Fussball gewesen für andere. Meine Stunde musste schlagen! Es ging nicht anders. Es handelte sich um eine Frage von Gerechtigkeit. Von Ursache und Wirkung. Leben verhielt sich so.

Aus diesem Teufelskreis konnte mich nur Erschöpfung retten. Ich wurde krank und kränker. Geriet tiefer und tiefer ins Dickicht meiner Zwänge. Am Ueberschnappen hinderte mich das Ringen nach Klarheit. Es blieb mir keine Wahl. Es zwang mich hinzuschauen. Und dadurch aufzugeben.

Mein Lehrer half mir mit allen Kräften dabei. Nicht meiner Person. Sondern mir als Menschen. Er liess mich keinen Augenblick im Stich. Ohne zu handeln oder zu raten, hielt er mir den Spiegel vor.

****

6. KAPITEL

Mein Vater war Alkoholiker. Ebenso wie mein Lehrer.
Mein Lehrer begann im Alter von fünfzehn Jahren mit dem
Trinken. Es war in der Gesellschaftsschicht, in der er
aufwuchs, so üblich. Niemand nahm daran Anstoss. Es
gehörte zum guten Ton. Trug bei zur Lebensqualität.
Begann früh am Morgen. War, nach durchzechter Nacht,
das Mittel um wieder in Fahrt zu kommen. Parties und
Bälle forderten ihren Tribut. Während der Saison rissen
sie nicht ab. Einladungen jagten einander.
Gegen Abend traf man sich zum Aperitif. Später mit
denselben Leuten zum Nachtmahl. Noch später mit den
exakt gleichen Leuten zum Tanz. Es galt, am Ball zu
bleiben, wollte man nicht übergangen werden.
Und meinem Lehrer lag alles daran, nicht übergangen zu
werden. Obwohl ein Teil von ihm diese Anlässe
verabscheute, amüsierte sich ein anderer Teil von ihm
köstlich. Er liebte es, wenn es hoch herging. Hauptsache
es lief etwas. Gin und Champagner flossen, als würden sie
nächstens aus dem Verkehr gezogen. Jedermann fühlte
sich grossartig. Das einzig erstrebenswerte Lebensgefühl.
Auch in den Künstler- und Intellektuellenkreisen, in
denen mein Lehrer sich umtat.
Erst unter der Dunstglocke von Longdrinks und edlen
Tropfen aus Frankreich liefen Ideale zu Hochform auf.
Nahmen Pläne Gestalt an. Liessen sich Revolutionen
anzetteln. Schlug Kreativität Purzelbäume. Auch wenn der
Kater sie unweigerlich einholte, sie in nichts
zusammensackte. Am Abend konnte sie frisch
aufgepäppelt werden.

In dieser bunten Gesellschaft hatte mein Lehrer die Position eines Eckpfeilers inne. Er kannte diese Unmenge an Leuten. Wer Verbindungen suchte, wandte sich an ihn. Auf dem Laufenden zu sein, bedeutete ihm alles. Half über vieles hinweg.

Ueber die Tatsache der Entfremdung von seiner Familie etwa. Die Tatsache, dass er das schwarze Schaf verkörperte. Die Tatsache, dass sein Leben mitnichten in geordneten Bahnen verlief. Er versuchte sich im Weinhandel. Als Kinderphotograph. Seine Geldnot zwang ihn zu Tätigkeit. Die Versuche versandeten. Auch seine kurze Musikerkarriere half ihm finanziell nicht auf die Beine. Die Honorare fielen schäbig aus. Friseure, Schneider, Agenten, Reisen verschlangen Unsummen. Zum Leben blieb nichts. Das Ersparte musste dran glauben.

Der Alkohol verschaffte Verschnaufpausen. Wob einen Cocon um ihn herum. Leben kam ins Lot. Wurde ertragbar. Keine Erwartungen störten ihn mehr auf. Keine Forderungen erreichten ihn. Er war sein eigener Herr. Souverän. Unangreifbar.

Im übrigen liebte mein Lehrer den Geschmack des Alkohols, so wie andere den Geschmack von Kaffee lieben. Er betrachtete sich nicht als süchtig. Fand nichts Anstössiges am Trinken. Auf die Idee, es habe damit vielleicht nicht seine Richtigkeit, brachte ihn erst sein Lehrer. Brachten ihn Schüler. Für manche unter ihnen bedeutete ihres Lehrers Alkoholkrankheit ein Existenzproblem. Sogar finanziell.

In den Anfängen seiner Arbeit scharten sich vor allem Hippies um ihn. Schwärmerische Habenichtse voll hochtrabender Fantasien. Mit einem Haufen von ihnen baute er sein erstes Zentrum auf. Jeder Rappen wurde zweimal umgedreht. Es mangelte nicht nur an

Werkzeugen, an warmen Kleidern, an Heizmaterial. Oft mangelte es auch an Lebensmitteln. Mein Lehrer lernte Hunger kennen. Als Initiator des Unternehmens liefen die Fäden in seiner Hand zusammen. Er war zuständig für Essen. Für Unterkunft. Musste die Leute motivieren. Gönner ausmachen. Pläne entwerfen. Streitigkeiten schlichten. Trösten. Bei der Stange halten. Und immer wieder auf Trab bringen.

Innert kürzester Zeit lernte er gezwungenermassen, Verantwortung zu übernehmen. Seine Lebensfackel loderte an beiden Enden. Das wirkte erschöpfend. Und gleichzeitig aufbauend. Er vierteilte sich, um den Anforderungen zu genügen. Endlich machte Sinn, was er tat. Arbeit an der Wurzel. Eine bessere Gesellschaft erschaffen. Sein Traum ging in Erfüllung. Dafür hatte er sich aufgespart!

Ein Traum, der Nerven kostete. Und er hatte niemanden, um sich anzulehnen. Niemanden, der ihm selber Trost spendete. Niemanden, der seinen Klagen zuhörte. Keinen Ort zum Ausruhen. Schon gar nicht bei seinem eigenen Lehrer.

Dieser schickte ihn stets neu an die Front. Trieb ihn an, Vorträge zu halten, Seminare zu veranstalten. Mein Lehrer stand pausenlos im Einsatz. Zum Schlafen fehlte die Zeit. Der Alkohol sprang in die Bresche.

Und die Leute jubelten ihm zu. Hörten begeistert auf ihn. Was er sagte, klang echt. Jeder fühlte sich direkt angesprochen. Er verbreitete keine Theorien. Er schöpfte aus unmittelbarer Erfahrung. Rührte an die Herzen der Menschen. Sie öffneten sich ihm. Fühlten sich verstanden. Erkannt. Geliebt. All das, wonach mein Lehrer selber verzweifelt hungerte. Er vermittelte es den Leuten. Ohne es im Gegenzug von seinem eigenen Lehrer zu erhalten.

Der Lehrer meines Lehrers zeigte sich unerbittlich. Er glaubte, in meinem Lehrer seinen Mann gefunden zu haben. An ihn wollte er seine Erfahrungen weitergeben. Dazu musste er ihn erziehen. Ihn bilden. Auch in ihm zerbrechen, was dafür nicht taugte.

Ein hartes Los. Doch mein Lehrer wollte lernen. Nichts erschien ihm als zu schwierig. Kein Opfer als zu gross für den Dienst an der Sache. Den Dienst an Gott. Dem einzig lohnenswerten Lebensinhalt. Dem Ziel seines Hoffens und Verlangens. Nur den Alkohol dafür aufzugeben, vermochte er nicht. Das aber wurde gefordert.

Auch an einigen seiner tiefsten Ueberzeugungen wurde gerüttelt. Härteste Prüfungen folgten. Eine Normalität in der Arbeit mit einem Lehrer. Mein Lehrer zerbrach daran. Die Leitung des Zentrums wurde ihm entzogen. Ergebenste Freunde wandten sich von ihm ab. Man scheuchte ihn wie einen Hund aus seinem Haus. Er stand als Geächteter da. So zumindest fühlte er sich.

Aus Kummer darüber trank er sich fast zu Tode. Wünschte mehr als alles auf der Welt sein Ende herbei. Dass ihn sein Lehrer scheinbar verriet, brachte ihn fast um. Vermauerte sein Herz. Nur das Auswandern blieb ihm. Sein letzter Auftrag verpflichtete ihn dazu, Zentren im Ausland zu gründen.

Mein Lehrer ging ins Exil. Und er blieb im Exil. Es gelang ihm nicht, in seiner Heimat wieder Fuss zu fassen. Nur zu Urlaubszwecken durfte er dorthin zurückkehren. Eine Wunde, die sich nie mehr schloss. Zwar fand er neue Betätigungsfelder. Neue Menschen, die an seinen Lippen hingen. Mit ihm durch dick und dünn gingen. Doch es war nicht dasselbe. Zuerst verlor er sein Zuhause. Nun wurde er seiner Heimat beraubt.

Als ich meinen Lehrer traf, entdeckte ich rasch, dass er trank. Er machte keinen Hehl daraus. Unternahm nichts um es zu verheimlichen. Es gehörte zu seinem Alltag. Je nach dem Grad seiner Berauschtheit - ein Wort, das auf vielen verschiedenen Ebenen verstanden werden kann - gab er sich aufgekratzt, oder rührselig. Besonders zu Herzen gehende Situationen entlockten ihm Tränen. Er floss über vor Anteilnahme. Wirkte ungeschützt wie ein Kind. Und sein Blick lag so bloss, dass es schmerzte, ihm in die Augen zu schauen. Völlig preisgegeben.

Mich kümmerte seine Trunksucht wenig. Ich kannte das Phänomen von meinem Vater her. Auch wenn es sich bei ihm anders äusserte. Mein Vater zeigte sich wie verschleiert unter Alkoholeinfluss. Wie betäubt. Unnahbar. Meinem Lehrer dagegen schien das Arbeiten mit seinen Schülern leichter zu fallen, wenn er trank. Der Schmerz über seine Umstände schien zu verblassen. Und ausser dass er schleppender sprach, verriet nichts seine Krankheit. Diejenigen, die an seinem Trinken Anstoss nahmen, lauerten darauf, ihn bei Fehlern zu ertappen. Seinen Aeusserungen jedoch liess sich nichts anmerken. Er sprach so gefasst, so klar wie gewöhnlich. Nicht druckreif. Mein Lehrer sprach nicht druckreif. Dafür sprang er zu rasch von einer Geschichte zur anderen. Doch was er sagte, hatte Hand und Fuss. War folgerichtig. Durchdacht. Beruhte auf unmittelbarem Wissen.

Für mich lag darin die Hauptsache. Ich zweifelte keinen Augenblick am Wissen meines Lehrers. Ich erkannte, dass es da war. Und echt war. Anderes erschien mir als zweitrangig. Ich gehörte keiner Kirche an. Nannte mich nicht religiös. Befolgte keinerlei Gebote. Betete nicht.

Das half mir, weniger zu urteilen. Ich mochte den Geruch alkoholisierter Körper nicht. Er verursachte mir Uebelkeit. Ich verabscheute die Schwammigkeit alkoholisierten

Gewebes. Die Tapsigkeit der Bewegungen. Die enorme Hilfsbedürftigkeit. Doch da ich nicht mit meinem Lehrer zusammenlebte, brauchte ich mich damit nicht auseinanderzusetzen. Es bestand kein Handlungsbedarf. Ich hatte keine eindeutige Meinung über sein Verhalten. Es erschien mir lediglich als unfein. Als unelegant. Eines Lehrers nicht würdig.

Obwohl schon diese letzte Feststellung mich verunsicherte. Was denn war eines Lehrers würdig? Dass er in nobler Abgehobenheit, fernab alles Allzumenschlichen thronte? Ich wusste es nicht.

Für viele meiner damaligen Kollegen schien das eine wichtige Frage zu sein. Viele wussten genau, wie ein Lehrer zu sein hatte. Vor allem, wie er nicht zu sein hatte. Für sie bedeutete die Krankheit unseres Lehrers ein Drama. Sie schlugen sich wund daran. Züchteten Schuldgefühle in sich. Die Frage, wie sie ihn am Trinken hindern könnten, bereitete ihnen schlaflose Nächte. Für sie eine Frage der Ethik. Der Verantwortung. Wie vermochten sie einem Lehrer zu trauen, der sich sowenig in der Hand hatte? Wie sich ihm anzuvertrauen? War auf einen solchen Menschen Verlass? Auf einen Junkie? Kein normaldenkender Mensch überantwortete sich einem Junkie. Und gerade das verlangte er doch. Dass man sich ihm überantwortete. Wenigstens eine bestimmte Wegstrecke lang. Bis eine gewisse Schwelle überschritten war.....

Die Diskussionen über den Alkoholkonsum meines Lehrers rissen nicht ab. Mit fast jedem Mitglied, das der Arbeit beitrat, entbrannten sie neu. Die Frage des Vertrauens entfachte sie.

Ich schätzte mich glücklich, in dieser Hinsicht weniger belastet zu sein. Mein Leben lehrte mich, niemandem zu vertrauen. Zumindest nicht, mein Leben dauerhaft an anderer Menschen Existenz aufzuhängen. Ein Teil von mir behielt die Kontrolle. Ich verliebte mich verzweifelt tief. Ich vergötterte Menschen bis zur Selbstaufgabe. Aber nicht darüber hinaus. Ich liess mich von meiner Verliebtheit umpflügen, in Stücke reissen. Dann schritt ich weiter. Ich wies Schuld zu. Doch etwas in mir drängte unerbittlich auf Versöhnung. Auch wenn sie mich sauer ankam. Die Zeit fehlte mir, um auf Menschen wütend zu sein. Ueber kurz oder lang erlosch das Feuer des Nachtragens. Langweilte mich.

Ich konnte also meinem Lehrer das Trinken nicht vorwerfen. Nicht, solange er mich damit in Ruhe liess. Allerdings beneidete ich seine unmittelbare Umgebung auch nicht. Was blieb von einem Alkoholkranken im Stadium der Auflösung schon übrig?

Aus Gesprächen erfuhr ich zu meinem Erstaunen, dass viele Menschen am meisten durch das Alkoholproblem von meinem Lehrer lernten. Es konfrontierte sie mit ihrer eigenen Macht- oder Ohnmachtstruktur.

Stets fanden sich welche, die es sich zur Aufgabe setzten, meinen Lehrer zu erziehen. Das schien ihnen auch zu gelingen. Mein Lehrer zog mit. Bis zu einem gewissen Punkt. So weit, bis sie sich in ihren Bemühungen sicher fühlten. Dann drehte er den Spiess um und hielt ihnen den Spiegel vor. Provozierte Schmerzausbrüche. Durchbrüche. Unverhoffte Einsichten.

Niemandes Bemühungen in dieser Hinsicht waren von Dauer. Die Alkoholkrankheit meines Lehrers überlebte jedes Delirium. Jeden Entzug. Er wollte trinken. Es gefiel ihm so. Punktum. Beziehungsbedingte Tragödien nahm er in Kauf. Es blieb ihm keine Wahl. Mein Lehrer krebste nicht zurück. Kein einziges Mal. Nicht solange ich ihn kannte. Aus jedem seiner Entscheide zog er die Konsequenz. Wer ihn dabei unterstützte, wer nicht, war gleichgültig.

War ebenso gleichgültig wie, wer seine Botschaft hörte. Hauptsache einer hörte sie. Trug sie weiter. Wurde zum Glied in der Kette. Zum Masten, an dem die Drähte des Netzwerks innerer Arbeit aufgehängt sind. Hauptsache, einer akzeptierte, zum Instrument geformt zu werden. Nicht zu seinem Instrument. Sondern zum Instrument schlechthin. Zum Klangkörper. Zum Lichtkanal. Zum Transformer feinstofflicher Energie.

Mein Lehrer mochte nicht jeden Menschen gleich gut. Doch er liebte jeden. Darin sah er einen unbedingten Unterschied. Wer sich zur Arbeit bereit zeigte, konnte auf seine Unterstützung zählen. Sympathie, Antipathie hin oder her. Er konnte mit jedem arbeiten. Und arbeitete mit jedem. Parteilichkeit verbot er sich. War für ihn kein Thema.

In Phasen von Trunkenheit brachte er Leute in extreme Situationen. Etwa wenn er in einem piekfeinen Restaurant, als Folge des Alkohols, quer über dem Tisch landete. Oder hemmungslos Gäste ansprach. Sich in ihre Diskussionen einmischte. Ungefragt Visitenkarten verteilte. Sich lauthals über das Essen beschwerte. Ueber Tischnachbarn.

Seine Begleiter schämten sich zu Tode. Wären am liebsten im Boden versunken. Verwünschten ihn insgeheim. Er jedoch liess sich nicht beirren. Obwohl er sich unsäglich betragen mochte, liess er nie einen von ihnen im Stich. Er bezahlte die Zeche selber. Nahm Ablehnung auf sich. Vorwurf. Verachtung. Nannte diejenigen, die ihn süchtig hiessen, bigott. Spiessig. Freudlos. Rechtfertigte sich nicht. Entschuldigte sich nicht. Stand zu sich. Nahm das Leiden an, das ihm daraus erwuchs.

Und er litt haarsträubend. Kein Tag verging, an dem nicht Schmerzen ihn heimsuchten. Mehrmals war er dem Tode nahe. Verbrachte Nächte im Kampf ums schiere Ueberleben.

Mein Lehrer war hundertprozentig Mensch. Hundertprozentig da in dem, was ihm geschah. Des Leidens wurde er manchmal müde. Der Arbeit wurde er manchmal müde. Seiner Verpflichtung gegenüber dem Leben nicht. Sowenig wie seiner Verpflichtung gegenüber Gott. Was ein und dasselbe bedeutete für ihn. Er liess nicht mit sich spassen. War zu nichts zu zwingen. Zu nichts zu verführen. Oftmals schien es so. Doch über kurz oder lang biss man bei ihm auf Granit.

****

7. KAPITEL

Vor kurzem starb die Mutter einer Freundin, wurde im Krematorium aufgebahrt. Am Ende des dritten Tages fragte mich die Freundin, ob ich sie vor der Einäscherung zu ihr begleite.

Die Frage löste einen subtilen Schock in mir aus. Ich hatte länger keinen Leichnam gesehen. Noch nie ein Krematorium von innen. Bestattungsangelegenheiten wirkten auf mich gespenstisch. Dennoch sagte ich ja. Auch um meiner Freundin einen Gefallen zu erweisen. Sie schien sich viel aus meiner Begleitung zu machen. Und mir ging es doch darum, das Jasagen zu üben. Mich nicht abzuwenden von Dingen, die an mein Sicherheitsbedürfnis rührten. Wie etwa meine Scheu vor Leichengeruch.

Im hellen Flur des Krematoriums voller freundlicher Topfpflanzen standen wir vor einer Reihe, mit Namen beschrifteter Türen. Meine Freundin öffnete die zweite. Wir betraten einen Raum. Standen vor einem Schaufenster. Dahinter lag die Mutter in einem liebevoll mit Rosen geschmückten Sarg. Das Kühlaggregat surrte beschwichtigend.

Einen dreitägigen Leichnam hatte ich noch nie gesehen. Frische Tote erscheinen mir, als schliefen sie. Diese Tote wirkte verschieden. Das erste, was ich bemerkte, war die vollständige Abwesenheit von Vibration. Der Körper war verlassen. Nichts deutete auf menschliche Anwesenheit hin. Die Tote sah weniger belebt aus als Stein. Weniger belebt als irgendetwas, das ich kannte.

Mein Nervensystem antwortete mit der Empfindung von Ruhe darauf. Mein Atem ging langsam. Ich fühlte mich wohl und entspannt. Wehrte mich nicht dagegen, dieses Totsein in mich eindringen zu lassen. In jede Zelle meines Körpers. Mein Körper wurde still. Von Bedauern keine Spur. Ich vertiefte mich in das ebenmässige Antlitz und war da. Ohne Gefühl. Ohne Gedanken.

Ein Stockwerk tiefer befand sich der Ofen des Krematoriums. Fenster ermöglichten es, den Verbrennungsvorgang mitzuverfolgen. Noch ein Stockwerk tiefer wurde die Asche entnommen. Kessel standen aufgereiht nebeneinander. In ihnen, nach Artikeln getrennt, Hüftgelenke, Schrauben, Sargnägel..... Es findet sich verblüffend vieles in Körpern, das getrennter Entsorgung bedarf. Eine Beobachtung, die glucksende Heiterkeit in mir auslöste. Dieser säuberlich aufgeräumte Tod: wo war sein Stachel? Wo fanden Tränen Platz in diesem Vorgang? Ich fühlte mich beschenkt und erfüllt. Die Stille blieb. Körper sterben und werden entsorgt: Körper!

Als Kind konnte ich mir nicht einmal das Bild eines Sarges ansehen, ohne in Panik zu geraten.
Ich lebte manchmal bei Verwandten auf dem Land. Starb jemand, zog der Leichenzug durchs Dorf. Wir wohnten gegenüber der Kirche. Kaum vernahm ich Fetzen des Trauermarsches, lief ich auf den Dachboden. Wie von Furien gehetzt. Langsam näherte sich der Zug. Die Dorfmusik führte ihn an mit umflorter
Fahne. Ein Ziegel im Dach war zerbrochen. Durch die Lücke spähte ich auf die Strasse. Beileibe nicht freiwillig. Es zwang mich dazu.
Den schwarzgekleideten Musikanten folgte der Pfarrer mit den Ministranten. Einer trug ein silbernes Kreuz. Ein

anderer ein Weihrauchfass. Mir schnürte es die Kehle zu. Denn nun erschien das Unnennbare: der Leichenwagen mit dem Sarg. Schwarze Pferde zogen ihn. Silberne Troddeln schwankten im Takt der Musik. „Dam-dam-ta-dam, dam-ta-dam-ta-dam-ta-dam" klang es. Die Räder holperten über das Pflaster.

Plötzlich verrutschte der Sargdeckel. Meine Angst erkannte es genau. Und eine Hand langte nach draussen. Eine schaurigweisse, riesige Hand. Nach mir reckte sich die Hand. Ich stand wie angeschweisst. Wollte schreien. Kein Laut entrang sich meiner Kehle. Nur kalter Schweiss perlte auf meiner Stirn. Die Hand griff nach meinem Herzen. Drückte zu. Ich ächzte.....

Der Wagen rollte auf den Friedhof. Der Zug verschwand in der Kirche. Noch immer rief die Totenglocke „Du-du-du". Dann erstarb sie. Langsam kehrte ich ins Leben zurück.

Ich hasste diese Vorgänge. Und dennoch liebte ich sie. Sie machten mich unbändig lebendig. Mein Körper loderte wie eine Flamme. Tanzen auf Messers Schneide. Der Vulkan des Wahnsinns. Er konnte jeden Augenblick explodieren. Es bedurfte meiner ganzen Kraft. Auessersten Wachsamkeit.

Eine andere Begebenheit:
ich war etwa fünf Jahre alt. Es war kurz nach dem Krieg. An einem glühendheissen Sommertag. Die Erde kochte. Hinter unserem Haus erstreckte sich ein frisch abgeerntetes Feld.

Meine Tante band sich eine Schürze um. Die Zipfel knüpfte sie an die Schürzenbänder. Das ergab einen geräumigen Sack. Auch mir band sie eine Schürze um. Wir wollten liegengebliebene Aehren auflesen. Zusammen mit anderen Leuten aus dem Quartier. Das Mehl konnten wir gut gebrauchen. Mein Vater geizte mit Haushaltsgeld.

Wie bucklige Tiere schoben wir uns über das Feld. Die Sonne stach. Unser Nachbar richtete sich auf. Ein übergewichtiger Endfünfziger. Sein Gesicht glühte. Schweiss rann in staubigen Striemen über sein Gesicht. Er zückte das Taschentuch. Plötzlich warf er die Arme in die Luft, riss den Mund auf. Einen Augenblick lang hing er vor dem flirrenden Himmel wie ein Gekreuzigter. Dann sackte er in sich zusammen. Ohne Laut. Wie eine gläserne Glocke senkte sich Stille über ihn. Atemlose Stille. Seine Hände lagen neben ihm wie weggeworfene Schaufeln.

Meine Tante riss mich mit sich fort. Wir flohen über das Feld. Zu Hause zerrte sie mich auf den Balkon. Die Polizei rückte an. Wenig später ein schwarzes Auto, aus dem eine längliche Kiste ausgeladen wurde. Man bettete den Mann hinein, legte den Deckel drauf. „Aber so erstickt er ja", stöhnte ich. „Er ist tot", erwiderte die Tante tonlos. Ich stand im Schutz ihres Bauches. „Er ist tot." Die Worte drehten sich in mir wie Mühlsteine. Was bedeutete: „Er ist tot?" Die Situation schien ein Fragen zu verbieten. Die Steine gruben sich tief in mich ein.

Fragen um den Tod waren mir stets die wichtigsten. Sie beschäftigten mich Tag und Nacht. Der Literatur entnahm ich, dass Tod allgegenwärtig sei. Das Menschsein gipfelte in ihm. Die Liebe gipfelte in ihm. Menschsein und Liebe verstand ich als eins. Menschsein und Liebe verkörperten Tod. Der Tod löste die Qual.

Später nahm sich mein Mann das Leben.
Und ich fing an mein Leben aufzuschreiben. Splitter um Splitter. Es fiel unendlich schwer. Ich verfügte über wenig Sprache. Das Material schien erdrückend. Eine schiere Flut. Ich brauchte Anlauf über Anlauf. Einen anderen Weg

sah ich nicht, um Ordnung zu schaffen in meinem Chaos. Ich wollte endlich Klarheit.

Ich schrieb auch Erzählungen. Packte mein ganzes Sehnen, all meine Aengste in sie hinein. Durchlitt sie. Das gab Mut. Meine Kraft wuchs. Langsam wich die Verzweiflung der Akzeptanz. Indem ich mich stellte, verlor der Tod sein Grauen. Ich lernte, Seite an Seite mit ihm zu gehen. Aus dem Feind wurde langsam ein Freund.

Die meisten Lehrer verlangen vom Schüler einen Lebensbericht. Doch das erfuhr ich erst Jahre danach. In der Arbeit mit meinem Lehrer half es mir, diese Hausaufgabe bereits geleistet zu haben. Wenigstens zu einem Teil. Das Klarwerden über mich, über meine Existenz, wird mir Arbeit abverlangen bis zum letzten Atemzug.

Die nachfolgende Geschichte bedeutete einen Meilenstein in dieser Hinsicht. Ich gebar sie ohne nachzudenken. Sie floss mir einfach in die Feder. Unter schreiendem Schmerz.

Gefangen

Sie hiess Dorina und zählte dreiundzwanzig Jahre. Ihr Mann war Posthalter. Sie hatten einen dreijährigen Sohn. Und Dorina lebte seit fünfzehn Monaten im Irrenhaus.

Sie bewohnte einen engen Raum. Eine ehemalige Rumpelkammer zu ebener Erde, die schwach erhellt wurde durch ein an der Wand angebrachtes Guckloch, zu dem sie nicht hinaufreichen konnte.

Meistens kauerte sie in der einen hinteren Ecke, von der aus sie die Türe im Auge behielt. So lief sie nicht Gefahr hinterrücks überrascht zu werden. Man hatte ihr ein paar Kissen hingelegt, von denen sie stets eines gegen die Brust gepresst hielt. Fing der Schmerz an unerträglich zu werden, biss sie hinein. Nahm er noch mehr zu, eilte sie diagonal durch den Raum, sich die Haare raufend. Und erst wenn sie es nicht mehr aushielt, rannte sie gegen die Wände. Mit Füssen und Fäusten malträtierte sie die Matratzen, mit denen sie gepolstert waren.

Es begann unauffällig. Sie war sehr verliebt in Eduard. Als sie heirateten, war sie sicher, dass nun das grosse Glück beginne. Ihr Mann übernahm eine Post auf dem Land. In einem schmucken Haus, zu dem auch ein Stück Garten gehörte. Sie wünschte sich einen Garten. Und wie sie sich einen Garten wünschte! Von Gartenpflege verstand sie nichts. Doch sie kaufte Bücher und machte sich begeistert an die Arbeit. Viele Stunden verbrachte sie im Garten.

Am Morgen half sie ihrem Mann beim Sortieren der Post. Um elf Uhr wurde die Post geschlossen. Dorina ging zum Einkaufen, kochte das Essen. Bei schönem Wetter assen sie draussen. Der Frühling, der auf den März folgte, in dem sie heirateten, war sommerlich warm. Welch eine Zeit! Sie kam sich vor wie eine Prinzessin. Eduard trug sie auf Händen. Sie stritten sich nie. Und war Dorina einmal bedrückt oder gar traurig, nahm ihr Mann sie in die Arme und flüsterte: „O, du wirst doch nicht weinen?" Er küsste sie so lange, bis sie nach Atem rang. Eduard war vierzehn Jahre älter als Dorina und zum zweiten Mal verheiratet.

Im Herbst wurde sie schwanger. Eine schlimme Zeit begann. Kein Tag verging, an dem sie sich nicht übergab. Sie wurde mager und bleich, bekam die bestürzt dreinblickenden Augen eines verschreckten Kindes. Auch die Geburt verlief schwierig. Sie dauerte Stunden. Und als der Bub endlich geboren wurde, wollte er nicht leben. Man hängte ihn kopfüber und schlug ihn, damit er Luft hole. Dorina war entsetzt. Sie weinte und schrie, man solle ihr das Kind aushändigen. Damals tauchte der Schmerz zum erstenmal auf. Nur für kurze Zeit. Dorina vergass ihn gleich wieder. Er begann in der Magengegend und stieg bis zu einer Stelle knapp unter dem Herzen hinauf.

Der Bub blieb schwächlich. Ständig musste der Arzt gerufen werden. Nächtelang wachte sie am Bett des Buben. Kam nie mehr richtig zu Kräften. Etwas in ihr ging kaputt. Das Glück bekam einen Riss. Sie mochte nicht mehr so wie früher mit ihrem Mann lachen und sich von ihm herumtragen und nehmen lassen. Fand ihn auf einmal grob. Und sie stellte mit Ueberraschung fest, dass er ihr nie zuhörte. Es langweilte ihn, wenn sie bedrückt war. Weinte sie, wies er sie zurecht. In allen Arten sich zu äussern beschnitt er sie. Nur nicht wenn sie fröhlich war und er sich an ihr freuen durfte.

Sie zog sich allmählich von ihrem Mann zurück. Sie fing an, sich in seinen Armen so einsam zu fühlen, dass sie es manchmal kaum aushielt. Er jedoch bestand darauf, mit ihr zu schlafen. Er habe ein Recht darauf. Er müsse seine Sexualität leben können, betonte er. Von ihrer Sexualität sprach Eduard nicht. Und Dorina kam zur Einsicht, dass Sexualität nur zum Mann gehörte. Sie stellte sich manchmal vor, wie es wäre, wenn ihr Mann sie nur in den Arm nähme. Einfach mit ihr spräche. Wie früher ihre Mutter. Danach sehnte sie sich wund. Doch sie getraute sich nicht, es ihm zu sagen. Sie hatte es versucht. Umsonst.

Von da an wurde der Schmerz in ihrer Brust so stark, dass er nicht mehr verschwand. Einige Zeit später erkannte Dorina mit Schrecken, dass sie ihren Buben nicht mehr liebte. Sie dachte nicht mehr mit derselben Zuneigung an ihn wie bei seiner Geburt. Ohne sich dessen bewusst zu sein, schob sie ihm die Schuld an ihrem Elend zu. Durch sein Auftauchen büsste sie die Liebe ihres Mannes ein.

Sie erlebte das herrschsüchtige Geschrei des Buben nach Essen, nach Unterhaltung, wie ständigen Terror. Sie konnte sich nicht mehr entspannen, war dauernd auf Draht. Schrie er, schrie er nicht? Und schrie er, wäre sie am liebsten weggerannt. Nur weg. Statt dessen musste sie sich zusammenreissen, ihre Antipathie gegen das Kind hinunterwürgen. Sie glaubte zu ersticken. Weit schlimmer allerdings war die Scham, die sie über sich empfand. Sie kam sich unglaublich verwerflich vor. Dass sie ihr eigenes Kind nicht liebte: welche Schande!

Ein Schlüssel drehte sich im Schloss. Und die Türe von Dorinas Gefängnis ging einen Spalt weit auf. Eine Schwester in weisser Tracht äugte hinein. Da sich Dorina unauffällig verhielt, machte sie die Türe auf und näherte sich ihr. Der Schwester auf den Fersen folgte eine Hilfspflegerin, die einen Teller mit Essen trug und eine Kanne mit Tee. Dorina riss blitzartig die Kissen unter sich weg und stopfte sie wie einen Wall vor ihre Brust. „Na komm schon, Mädchen, wir tun dir nichts. Du kennst uns doch. Wir bringen dir nur zu essen und zu trinken", meinte die Schwester begütigend. Sie ging langsam auf Dorina zu, so wie man auf ein Tier zugeht, von dem man nie weiss, wann es einem an die Gurgel springt. Die Hände hielt sie abwehrbereit vor sich. Dorina rührte sich nicht. Sie beobachtete die lauernde Wachsamkeit im Blick der Schwester und die Furcht in demjenigen ihrer Begleiterin. Die Schwester kam zur Ueberzeugung, die Lage sei ungefährlich. Sie kauerte sich zu Dorina auf den Boden und hielt ihr den Teller mit Essen unter die Nase. Pappiger Reis lag darauf. Ein paar Brocken Fleisch schwammen in einem Tümpel aus Sosse. Und ein Häufchen Karotten befand sich daneben.

Dorina zitterte. Die Schwester strich ihr behutsam das strohige Haar aus der Stirn. Dorina fing an zu wimmern. Sie riss den Teller an sich, schaufelte schluchzend mit den Fingern das Essen in sich hinein, schüttete Tee nach, liess sich an einem feuchten Tuch Hände, Gesicht und Nase reinigen. Darauf erhielt sie eine Spritze, da sie Medikamente, die man ihr einzugeben versuchte, ausspuckte.

Eine Weile blieben die Frauen bei ihr, sprachen leise in einer Art Säuglingsgemauschel auf sie ein. Das brachte Dorina nur noch mehr zum Schluchzen. „Wein dich nur aus", sagte die Schwester. Sie zog eines nach dem anderen der Kissen, die Dorina wieder umklammert hielt, von ihr weg, legte sie zur Seite und kippte Dorina darauf. Als die Spritze zu wirken begann, fassten die Frauen Dorina unter, führten sie aus der Zelle zur Toilette. Dorina war zu schlapp um sich selber helfen zu mögen. Sie gingen noch ein paar Schritte mit ihr durch den Garten und brachten sie in die Zelle zurück. Dort schlief sie bis zum Abend. Darauf wiederholte sich der Vorgang. Nur brachte man sie anstatt in den Garten zum Waschen ins Bad.

Es gab Augenblicke, während denen Dorina klar erkannte, wo sie sich befand und was mit ihr geschah. Sie sah folgerichtig den Weg vor sich, den sie gegangen war. Sah mit unglaublicher Deutlichkeit das Haus, in dem ihr Mann und der Bub wohnten. Ging in Gedanken durch die Zimmer, von deren Einrichtung sie nicht die geringste Einzelheit vergass. Sie suchte dieses Haus in Gedanken wie zwanghaft immer wieder auf. Es bereitete ihr ungeheure Qualen dorthin zu gehen. Sie brannte vor Schmerz dabei. Ihre Haut fühlte sich an wie Eis. Und es wuchsen überall Pusteln aus ihr hervor. Ihre Augen kamen ihr vor wie Brenngläser. Jede noch so geringe Kleinigkeit nahmen sie erbarmungslos unter die Lupe. Sie hörte ihren Mann mit dem Buben in der eigentümlichen Art plappern, die er sich für diese Gelegenheit zurecht gelegt hatte. Damit dokumentierte er, wie nah sie sich waren. Wie sehr Fleisch von seinem Fleisch der Bub war. Dorina schloss er von diesen Plapperstündchen aus. Sie durfte zwar dabeisitzen. Doch im Kreis der Männer hatte sie nichts zu sagen.

Als ihre Kräfte nachliessen, als sie dünner und dünner wurde und immer grössere Augen bekam, empfand ihr Mann das, als beleidige sie ihn absichtlich. Er akzeptierte nicht, dass sie litt. Er sah in ihr nur das verzogene Kind einer verzogenen Mutter.

Die Hochzeit mit Eduard war fantastisch gewesen. Sie trug ein Kleid aus einer Fülle von Spitzen. Dazu einen mit Perlen bestickten Schleier. Handschuhe bis zu den Ellbogen und einen Strauss von rosa Rosen. Die Hochzeit sei das Wichtigste im Leben einer Frau. Da dürfe sich ein anständiger Mann nicht lumpen lassen, sagte Eduard.

Für eine Hochzeitsreise ins Ausland reichte es allerdings nicht. Sie fuhren lediglich für ein paar Tage ins Ferienhaus seiner Eltern in die Berge. Aber schön war auch das. Sie bewunderte ihren Mann. Dass er so viel grösser und stärker war als sie, imponierte ihr. Er würde sie in den Himmel entführen. Davon war sie überzeugt. Sie ging als Jungfrau in die Ehe, notdürftig aufgeklärt. Darüber spreche man nicht, erklärte der Vater ihr, als sie wissen wollte, woher die Kinder kämen. Davon unterrichtet worden, was Männer und Frauen miteinander anstellten, wenn sie allein waren, wurde sie aus Illustrierten und aus einem Buch, das sie sich von einer Kameradin lieh. Es erschreckte sie.

Ihren Mann lernte sie auf einer Ferienreise mit den Eltern kennen. Ihrem Vater gefiel er auf Anhieb. Er habe den Kopf auf beiden Schultern und das Herz auf dem rechten Fleck, schwärmte er. Die Frau, die ihn bekomme, könne sich glücklich schätzen. Dorina glaubte ihrem Vater. Sie war nicht dazu erzogen worden, eine eigene Meinung zu haben. Was die Eltern sagten, galt. Sie wollten ihr Bestes. Sie beendete ihr Haushaltlehrjahr, half während anderthalb Jahren im Laden ihres Vaters. Damit sie etwas Ordentliches lerne und eine propere Frau abgebe. Als sie neunzehn war, heirateten sie. Bis zu diesem Zeitpunkt war sie nie länger als zwei oder drei Tage allein und unbeaufsichtigt. Sie wechselte übergangslos aus den Händen ihrer Eltern in diejenigen ihres Mannes.

Als sie zwölf war, hatte Dorina einen Schulschatz. Der schönste Junge seiner Klasse. Nicht übermässig gross, nicht übermässig kräftig, dafür braungebrannt und flink. Er hatte helle, graue Augen und schneeweisse Zähne. Erich hiess er. Wurde ihr Tanzstundenpartner. Das empfand sie als grossen Sieg. Ihre Freundinnen beneideten sie deswegen. Er war so ernst, der Erich. Lachte nur wenig. Und als er sie bis zur Haustüre begleiten durfte - für einmal erlaubten das ihre Eltern - gestand er ihr, er lese jeden Abend in der Bibel seit dem Tod seiner Mutter.

Später verboten ihre Eltern Dorina den Umgang mit Erich. Sie brachten in Erfahrung, sein Vater arbeite im Schlachthaus. Dorina weinte nächtelang in ihre Kissen. Getraute sich aber nicht ungehorsam zu sein. Sie fürchtete den Zorn ihres Vaters. Er pflegte sie an den Haaren zu sich heran zu zerren, so dass sie ihm in die Augen schauen musste und ihr zu drohen, es nehme ein fürchterliches Ende mit ihr. Den Eltern den Gehorsam zu verweigern bedeute, Gott den Gehorsam zu verweigern.

Sie fragten Dorina bis aufs Blut aus während den Tagen, die auf ihre Einlieferung folgten. Es kam einer Ausplünderung ihrer selbst gleich. Sie müsse unbedingt zu sprechen versuchen, verlangten sie von ihr. Dabei war gerade das ein Ding der Unmöglichkeit für sie. Was hätte sie auch sagen sollen? Sie erschienen ihr alle so weit weg. Selbst mit Schreien hätte sie nicht zu ihnen dringen können. Es gab auch nichts zu sagen. Es existierte nur dieser grauenhafte Schmerz in ihrer Brust. Doch der Arzt fand nichts heraus.

Der Schmerz glich einer Frucht, die reifte und eines Tages platzen würde. Das war das einzige, das Dorina wusste. Diese Frucht bedeutete ihren ganzen Besitz. War ihr Geheimnis. Das durfte sie auf keinen Fall preisgeben, mochte geschehen, was wollte. In der Bewahrung dieses Geheimnisses lag ihre Stärke. Das war ihr an dem Tag bewusst geworden, an dem ihre Katze überfahren wurde. Eine kleine, zierliche Katze mit getigertem Fell. Sie war unheimlich zärtlich und anhänglich. Bis zum Morgen, an dem Dorina sie tot im Abfalleimer fand. Das lag fünfzehn Monate zurück. Sie drehte damals, wie ihr hinterher erklärt wurde, durch, schrie und schlug um sich. Ihr Mann konnte sie nicht mehr bändigen. Der Arzt wurde gerufen. Er verpasste ihr eine Spritze und bestellte die Ambulanz.

Sie sei ein hoffnungsloser Fall, raunte die Schwester ihrer Begleiterin zu, als sie Dorina nach dem Waschen in ihrer Zelle allein liessen. Sie hörte es deutlich. Nun da ihre Sinne so übermässig geschärft waren, entging ihr nichts, das um sie herum geschah. Es war stockdunkel. Doch Dorina mochte nicht schlafen. Sie war nicht müde. Sie hatte herausgefunden, dass das Medikament, das sie ihr einspritzten, weniger stark wirkte, wenn sie danach tief und langsam atmete. Sie hasste die Ohnmacht, in die sie sie gewaltsam zu versenken versuchten. Sie raubte ihr das Bewusstsein für ihren Besitz. Sie konnte die Frucht dann nicht mehr spüren. Aengste jagten sie, und sie fühlte sich verloren und verraten.

Sie sass aufrecht an der Wand, die Hände gegen die Brust gepresst. Die Frucht war jetzt so gross, dass sie die Hände darum herumlegen konnte. Dorina stand auf, tastete sich mit dem Rücken der Wand entlang, bis sie das kalte Holz der Türe an ihren Schulterblättern spürte. Sie schob sich weiter zur nächsten Ecke, weiter zur zweiten, machte noch ein paar Schritte bis sie das Gefühl hatte der Türe genau gegenüber zu stehen. Darauf beugte sie sich vor zu einem Winkel von neunzig Grad.

Dorina klammerte sich an die Frucht. Sie stöhnte vor Schmerz. Ihr Blick durchdrang das Dunkel. Sie sah die Wände der Zelle langsam auf sich zurücken. Ein Jubel entrang sich ihrer Brust. Knapp bevor die Wände sie erreichten, ging alles in Flammen auf und Dorina rannte los.

Als man ihr am anderen Morgen das Frühstück bringen wollte, konnte die Türe nicht geöffnet werden, denn Dorina lag hart dahinter, mit gebrochenem Genick.

****

8. KAPITEL

Mein Lehrer litt in der Arbeit mit seinem Lehrer. Litt unsäglich. Selbst als er längst keinen direkten Kontakt mehr mit ihm unterhielt. Es wurde offensichtlich, dass er so wie er sich gab, nicht genügte. Seinen Hang zur Show suchte sein Lehrer ihm mit aller Kraft auszutreiben. Seinen Hang, Kontrolle auszuüben. Zu meinen, nur er wisse, wie innere Arbeit vor sich gehe. Seine Trunksucht..... Nicht den geringsten Fehler liess er ihm durchgehen.

Für meinen Lehrer eine Zeit der Hölle. Er mochte seinen Lehrer weniger und weniger. Obwohl er ihn liebte. Ueberzeugt davon war, sie bildeten eine Schicksalsgemeinschaft. Er wollte sich ja unterordnen. Wollte sich verwandeln lassen. Nur verabscheute er die Methoden seines Lehrers lange Jahre lang. Erst Jahrzehnte später ging ihm deren Nutzen auf. Und er begann, sie selber anzuwenden. Bis es so weit war, versuchte er bei seinen Schülern stets auch persönlich anzukommen. Immer wieder holte ihn die Angst ein, nicht geliebt zu werden. Nicht angenommen. Auch nicht als Mensch.

Bei seinem Lehrer zählten solche Gefühle nicht. Sein Lehrer verstand sich nur im Hinblick auf die Arbeit, der er sich verschrieb. Der Arbeit in Gott ordnete er sich kompromisslos unter. Vierundzwanzig Stunden am Tag. Ein Ausruhen kannte er nicht. Er sprach von sich als von einem Ausguss, einer Dachrinne. Leben floss durch ihn hindurch. Er bot ihm keinen Widerstand. Es staute sich nicht in ihm.

Von mächtiger Gestalt, ging er leichtfüssig einher wie ein Tänzer. Er brüllte, wenn er Schlamperei auf die Spur kam. Faulheit trieb ihn zur Weissglut. Beim Pokern trickste er seine Gegner nach Strich und Faden aus. Brauchte jemand Hilfe, ging er behutsam und sanft zu Werk.

Er war in dem, was der Augenblick erforderte. Stand sich selber nicht im Weg. Das jagte meinem Lehrer Schrecken ein. Manchmal hielt er es vor Angst kaum bei ihm aus. Er wusste nie, aus welcher Ecke der nächste Angriff ihn treffe. Er wurde bei lebendigem Leib in seine Bestandteile zerlegt. Pausenlos hielt ihm sein Lehrer den Spiegel vor. Nicht im Sinn von Gehirnwäsche. Nicht im Sinn von Manipulation. Nur um ihm Gelegenheit zu bieten, sich seines Verhaltens bewusst zu werden, seiner Beweggründe. Der Art und Weise wie er sich seines Lebens bediente. Es sich untertan zu machen suchte.

Dabei blieb mein Lehrer frei .Konnte sich jederzeit verabschieden. Tun was ihm behagte. Nur nicht in Bezug auf die Arbeit, der er sich verpflichtet fühlte. Wollte er diese Arbeit leisten, musste er sich deren Regeln beugen. Ohne Pardon. Ohne Rücksicht auf Vorlieben oder Abneigungen. Und natürlich verlangte sein Lehrer von meinem Lehrer nicht Dinge, die er mochte. So läuft innere Arbeit nicht. Er konfrontierte ihn mit den Schattenseiten seiner Existenz. Mit dem, wovor er lieber die Augen verschloss. Und wurde es nicht müde.

Mein Lehrer verwünschte seinen Lehrer oft. Träumte von Selbständigkeit. In der Annahme, er wisse was not tue. Dennoch gab er sein Aeusserstes an Anstrengung. Lernte die Szene, der er angehörte, in- und auswendig kennen. Auf Reisen in die Staaten und in den Nahen und Fernen Osten traf er viele Swamis, Gurus, Scheiche und Lehrer. Die Sechziger-Jahre waren eine Zeit, in der Ashrams,

Tempel, Zentren boomten. Plötzlich wurde geheimes Wissen für jeden zugänglich.

Eine Zeit wie geschaffen für meinen Lehrer. Er liebte Neues. Verstand sich als Pionier. Lebte wie im Rausch. Des Alltäglichen ledig. Nur schade, dass sein Lehrer ihn immer wieder dahin zurückstiess. Mit der Nase draufstiess. Nicht locker liess im Bemühen, ihn am Boden zu halten. Sein Lehrer duldete kein Abheben. Er sah sich keiner Szene zugehörig. Einzig dem Leben fühlte er sich verpflichtet. Dem gegenwärtigen Augenblick. Unter welchem Vorzeichen er sich auch präsentierte. Ein Ausweichen liess er nicht zu. Keine Schönfärberei. Kristallene Klarheit verlangte er von sich selber. Kristallene Klarheit verlangte er von meinem Lehrer. Es ging ihm nicht darum vollkommen zu sein. Nur Nähe war ihm wichtig. Immer mehr Nähe. Zu sich selbst. Ohne Aufhebens. Ohne Publizität. In der Stille des Alltäglichen.

Eine schiere Unmöglichkeit für meinen Lehrer, den Musikanten, den Unterhalter, den Clown. Nackte Zumutung. „Suche nicht nach einem abstrakten Gott", sagte sein Lehrer zu ihm, „du bist hier für dich selbst. Um der Vision deiner selbst willen."

Gehorsam und Verpflichtung stellen zwei der Grundpfeiler innerer Arbeit dar. Gehorsam dem Lehrer gegenüber. Verpflichtung gegenüber der Arbeit. Nicht im tierisch ernsten Sinn. Sondern im Sinn des nicht Wankens. Die Arbeit mit einem Lehrer verlangt vom Schüler, sich jeden Tag frisch zu verpflichten. Als sei es das erste Mal. Sich jeden Tag neu auszurichten. Ohne zu wissen worauf. Im Vertrauen. Nicht auf etwas. Oder jemanden. Sondern im Vertrauen ohne Erwartung. Ohne Fixierung. Vor allem ohne Fixierung auf Wünsche und Hoffnungen.

Das klingt hart. Und es ist hart. „Liebe kommt mit einem Messer", heisst es. Es schneidet ab, was überflüssig ist. Trennt durch, was den Liebenden von Liebe trennt. Von Liebe ohne Gegenpol. Liebe, die auf nichts abstellt. Liebe, die nach nichts giert. Nichts für sich verlangt. Keinen Geliebten zum Gegenspieler hat. Liebe aus sich selbst heraus. Ein Feuer, das unter welchen Bedingungen auch immer lodert. Spendet. Ohne Vorbehalt, oder Auslese. Ohne weniger zu werden.

Ein Zustand, der vom Kopf her nicht nachvollziehbar ist. Der Kopf urteilt. Teilt ein. Sondert aus. Der Kopf bildet sich ein verzeihen zu müssen. Und es zu können. Der Kopf bildet sich ein, über Macht zu verfügen. Und sie nach Wunsch und Willen gebrauchen zu dürfen. Zu seinen Gunsten. Selten zum Wohle anderer. Oder nur, wenn er selber dabei nicht zu kurz kommt. Der Kopf pocht auf Recht. Glaubt an Recht. Auch an Unrecht. Das er meistens bei anderen sucht. Dem Kopf geht es ums Ueberleben. Dafür macht er sich stark. Dafür kämpft er ohne Rücksicht auf Verlust. Ein unheimlicher Geselle. Ein Berserker. Alle Mittel sind ihm billig. Der Zweck heiligt die Mittel. Zum Schutz der Person. Zum Schutz der Maske, die sie der Welt präsentieren will. Unter der die Welt sie sehen soll. In deren Geborgenheit sie ihre Fäden zieht. Zu ihrem Profit. In ihre Tasche hinein.

Der Lehrer meines Lehrers wirtschaftete nicht in seine Tasche hinein. Sein Leben katapultierte ihn von der Spitze der Gesellschaft über sämtliche Ebenen bis hin zu deren Basis. Er wusste, dass es nichts zu verlieren gibt. Er bemühte sich nicht um Besitz. Weder um weltlichen noch um geistigen. Ehrgeiz lag ihm fern. Auch spiritueller. Er erkannte, dass nichts zu erreichen ist. Erfuhr es leibhaftig. Das erlöste ihn von Gier. Er brauchte nach nichts zu jagen. Nach keiner Erfahrung, keiner Erfüllung. Er selber war Erfahrung. Erfüllung. In jedem Augenblick erwachten Seins. Nicht gestern, nicht morgen, sondern jetzt. Und immer jetzt. Im ungeteilten Anwesendsein. Auf nichts ausgerichtet. Auf nichts ausserhalb seiner selbst. Weder in der Natur, noch im Mitmenschen, noch in Gott.

Er befand sich pausenlos im Gebet. Ohne Worte zu murmeln, ohne zu bitten oder zu flehen, auf Besserung zu dringen. Er war Gebet. Das machte ihn zum Meister. Zum blank polierten Spiegel für Suchende, in den zu schauen es Mut kostet. Todesmut. „Stirb bevor du stirbst," wird gesagt. Nur halb hineinzuschauen reicht nicht. Zwinkernd hineinzuschauen ebensowenig. Auge in Auge mit meinem Spiegelbild erkenne ich mich selbst. In Liebe. Vorstellungslos. Schutzlos. Ohne Fluchtweg durch ein Hintertürchen.

Um diesen Mut aufzubauen, braucht es den Lehrer. Braucht es die Hingabe an den Lehrer. Die Selbstaufgabe während einer gewissen Zeit.

Was nicht bedeutet, dass der Lehrer mein Leben für mich leben wird. Es für mich verwalten oder ausfüllen wird. Nichts dergleichen. Er befiehlt mir nichts. Rät nicht. Lenkt nicht. Zeigt nur auf. Zeigt mit dem Finger auf den Mond. Dabei überlässt er mich mir selbst. Ueberlässt er mich meiner Willigkeit, ohne mich zu forcieren. Jedoch indem er im günstigen Moment den Hebel ansetzt. Mit meiner ständig erneuerten Erlaubnis. Nicht ohne meine Erlaubnis. Nicht aus eigener Kompetenz. Sondern einfach, indem er das Muster meiner Lebensstruktur berücksichtigt, Momente benützt, in denen Weichenstellungen möglich sind. Im Erkennen solcher Momente. Nicht im Nachdenken darüber. Er denkt sich Momente nicht aus, konstruiert sie nicht im Gehirn. Er nimmt sie vom Herzen her wahr, ohne Gefühl, ohne Sentimentalität. Er versteht den Mechanismus, aus dem heraus sich das Leben des Schülers entfaltet, die Matrix. Das befähigt ihn, zielgerichtet vorzugehen, indem er Druck erzeugt, Spannung wegnimmt, Tempo beschleunigt. Oder verlangsamt. Je nach Bedarf. Damit der Schüler optimal unterstützt werde in seinem Streben. Jedoch nicht aus Eigennutz. Um persönlicher Genugtuung willen. Dem Meister liegt nichts an Genugtuung. Er sieht sich als Werkzeug. Als Werkzeug, das keinen Eigenwillen besitzt. Sonst könnte es nicht dienen. „Ich bin die Flöte, doch die Musik ist DEIN", wird gesagt. Es braucht Durchlässigkeit zum reinen Klingen.

Wie jedoch erkenne ich den Lehrer. Den echten. Den Meister?
Auch den Lehrer erkenne ich nicht, indem ich meinen Kopf befrage. Es braucht Erfahrung. Ich muss mich angestrengt haben, etwas aus meinem Leben zu machen. Erfolg zu haben. Jemand zu sein. Wünsche müssen für mich in Erfüllung gehen. Und ich muss Enttäuschungen erleben. Daraus müssen Fragen resultieren. Fragen nach dem Woher und Wohin. Fragen, die mich auf die Suche schicken. Selbstzufriedenheit erzeugt keine Fragen.
Dann braucht es Affinität. Bestimmung. Wenn sich mein Lebensfaden nicht mit demjenigen eines Lehrers kreuzt, finde ich ihn nicht. Doch kreuzt er sich, bedingt das noch nicht, dass ich ihn auch finde. Nicht jeder Schüler erkennt den Lehrer im Lehrer. Manchem mag er einfach als Uebervater erscheinen, gegen den er ankämpft. An dem er sich wundschlägt. Von dem er Heilung erhofft. Verständnis. Liebe, die ihm bisher nicht zuteil wurde.
Für solche Vorgänge ist ein Lehrer nur bedingt zuständig. Er muss viel mehr sein als das. Sein eigentlicher Arbeitsbereich liegt jenseits von Psychologie. Liegt im energetischen Bereich, im feinstofflichen. In demjenigen

Bereich, den der Sucher vielleicht erahnt, wenn sein Alltag ihm Erfüllung verweigert. Dem Bereich jenseits von Opfer. Diesseits sieht er sich entweder als Opfer, oder als Gewinner. Als Sieger, oder als Besiegter. Jenseits entfallen solche Kategorien. Ohne Feindbilder keine Opfer. Ohne Feindbilder keine Sieger.

Zwischen Diesseits und Jenseits jedoch liegt eine Schwelle. Ein Nadelöhr ist zu durchschlüpfen. Ein sehr enges, einschneidendes, das weh tut. Ueberflüssiges nicht hindurchlässt. Nur mich selbst, mein nacktes Ich. Ohne Anhängsel von wenn und aber, von dafür und dawider. Kein Zögern, Nachdenken, Abwägen hat dort Platz. Mit beiden Füssen muss ich ins Bodenlose springen. Mit beiden Füssen gleichzeitig. Ohne Gewähr.

Auf diesen Sprung bereitet der Lehrer den Schüler vor. Damit seine Frage erstarke, seine Suche ausweglos werde, er diese Spannung aushalte. Springen kann der Lehrer für den Schüler nicht. Der Schüler muss das allein tun. Ganz allein. Und der Lehrer weiss auch nicht, welcher seiner Schüler den Sprung vollziehen wird. Es liegt nicht in seiner Entscheidung. Der Schüler selbst entscheidet, wenn seine Zeit gekommen ist. Nicht vorher. Und er entscheidet ohne Beeinflussung durch den Lehrer. Der Lehrer hält sich aus dem Leben des Schülers raus. Einmischung steht ihm nicht zu. Er ist Spiegel, nicht Handelnder.

Es gibt keine tiefere Beziehung im Leben von Menschen als diejenige zwischen Lehrer und Schüler. Es gibt auch keine risikoreichere. Keine vollkommenere. Im Moment des Springens weiss sich der Schüler geliebt. Nicht vom Lehrer. Nicht von irgendwem. Sondern unabhängig von Umständen. Ein Wissen, das er nicht mehr verliert. Es verändert sein Leben von Grund auf. Krempelt es vollständig um. Was einst wichtig war, wird unwichtig.

Was Geltung hatte, verliert sie. Nicht plötzlich, doch allmählich.

Der Schüler ist während dieser Periode des Erkennens sehr zerbrechlich. Der Schock des Springens sitzt tief. Es braucht Zeit, sich an den veränderten Zustand zu gewöhnen. Wieder hilft der Lehrer. Nun auf neue Weise. Er wird zum Freund. Der Freund erkennt den Freund. Liebe erkennt Liebe. Es gibt keine zwei. „Triffst du Buddha auf der Strasse, töte ihn."

Eine Zeit der Stummheit mag auf diese Periode folgen. Sprache entfällt, wenn das sich Wehren entfällt. Und wogegen sich wehren, wenn der Feind entfällt? Wenn ich kein Opfertier mehr bin? Das andere auf dem Altar schlachten? Wenn ich auch selber nichts schlachten muss? Es nichts zu ändern gibt? Nichts zu verzeihen? Da ich nicht länger Richter bin....?

Licht erscheint am Horizont. Es wird stärker und stärker, erglüht in allen nur möglichen Farben. Das Nervensystem entspannt sich. Leben verlangsamt sich. Wohin auch eilen?

Tiefes Ausatmen folgt. Ein zur Ruhe Kommen. Einverstanden sein. Und dennoch im Fragen Bleiben. Ohne Not. Mit einem Lächeln. Mit kichernder Heiterkeit. Leben dürfen als Geschenk. Als das grösste, unbeschreiblichste Geschenk.

Um dann weiter zu gehen. Sich auch daran nicht zu klammern. Nicht zu rechnen, oder zu vergleichen, sondern im Springen zu bleiben. Im freien Fall. Der nirgends beginnt und nirgendwo endet. In dem Vertrauen zum Zustand wird, den Ursache und Wirkung nicht kümmern.

****

.

9. KAPITEL

In der Arbeit mit seinem Lehrer kam mein Lehrer seinen Schuldgefühlen auf die Spur. In der Arbeit mit meinem Lehrer kam ich meinen Schuldgefühlen auf die Spur. Sie standen dicht wie ein Wald. Und es war schwierig, sie einzeln auszumachen. Es kostete Geduld. Geduld, die ich nicht hatte. Von deren Natur ich nichts wusste. Mein Lehrer nannte Geduld einen aktiv empfänglichen Zustand. Für mich ein Widerspruch. Entweder war ich empfänglich, oder ich war aktiv. Aber beides zugleich?
Ich brauchte Zeit, bis sich mir Geduld erschloss. Ich gelangte über das Beobachten meiner Gier dazu. Ueber das Aushalten meiner Gier. Ueber den Schmerz, hervorgerufen durch das nicht Reagieren darauf.
Das Tier genannt Gier sich austoben lassen ohne ihm zu wehren. Ihm den Raum öffnen, damit es sich manifestieren konnte. In seiner ganzen Vielfalt. Immer wieder. Bis es mir vertraut wurde, kuschte, sich ergab. Freiwillig und ohne mein Dazutun. Ich hielt mich dabei raus. Ging mir aus dem Weg.
Das mich raus Halten, mir, meiner Person aus dem Weg Gehen, erwies sich als Geduld.
Waffenstillstand. Nichtangriffspakt. Zur Bühne werden, auf der Leben sich vor mir entfalten darf, mit mir in der Rolle des Publikums. Aber weder des Kritikers, noch der Claque. Mit mir als neutralem Zuschauer.
Erkannte Gier hört auf zu gieren. Hört auf wehzutun. Wird zum Zustand an sich, an den ich keine Energie verschwenden muss. Er hat das Recht vorhanden zu sein. So wie die anderen Egotiere in mir, von denen keines

wichtiger ist als das andere. Die zur Basis meines Lebens gehören. Zur Basis von Leben an sich. Die Schlagzeilen bilden, Bücher füllen, das nicht Aussterben garantieren. Sie sind wie sie sind. Bunt und lärmig. Bar der Qualität. Es sei denn, ich projiziere Qualität auf sie. Schreibe ihnen Eigenschaften zu. Eigenmächtig.

Geduld: Synonym für das Standhalten. Für das zum Gefäss Werden, das Inhalt trägt. Inhalt erträgt ohne Unterschied. Zum Gefäss werden, das Leben trägt. Und erträgt ohne Unterschied. Eine Haltung, die half hinzuschauen. Den Blick nicht abzuwenden.

Geduld öffnet die Augen für das Schauen. Auch physisch. Sie hilft den Muskeln, den Nerven, den Knochen. Hilft beim Erstarken. Auf allen Ebenen. Stärke ist aktive Empfänglichkeit, die für sich selber steht. Nicht zu handeln braucht. So wie rohe Kraft, die stets vorwärts drängt. Geduld ist die Stärke des sich nicht in Positur Werfens.

Keine Rolle zu spielen: welch unglaublicher Energiegewinn! Automatische Tempoverlangsamung findet statt. Die Tage hören auf davonzulaufen. Sie ergeben sich. Ich lebe. Werde nicht bloss gelebt. Der Film des Lebens spult sich ab vor meinen Augen, ohne dass ich Kontrolle ausübe, oder unter die Räder gerate und einfach mitgeschleift werde. Im Gegenteil: ich kann aufrecht dastehen. Heiter. Nicht überwältigt vom bizarren Spiel. Nicht atemlos hastend, um den Anschluss zu sichern.

Zeit wird zum Geschenk. Ich fliesse über vor Zeit: einatmend - ausatmend. Jeder Augenblick wird zum Juwel. In welcher Farbschattierung es auch leuchte. Die Angst vor den dunklen vergeht. Ohne dass ich gefühllos werde und skrupellos.

Atem schützt davor. Erschliesst Leben. Wandelt den Körper zum Strom. Je mehr Atem fliesst, desto transparenter wird Leben. Bis Atem in jeder Zelle vibriert. Bis Lebendigkeit in jeder Zelle vibriert. Und Leben als ein Ganzes dasteht. Unteilbar. Nicht ausserhalb von mir. Nicht innerhalb von mir. Sondern allgegenwärtig. Ein Fluss, der in allem strömt. Gegensatzlos. Ohne Gier nach dem Guten, oder Ablehnung des Bösen. Ohne dass ich ihn deute nach meiner Meinung. Nach Vorliebe, Abneigung, persönlicher Ueberzeugung.

Nichts ist von spezieller Bedeutung. Es sei denn, ich gebe sie ihm. Ich mache heilig, was ich mir heilig wünsche. Ich verdamme, was ich verdammenswert finde. Ich nehme mir das Recht dazu heraus. Masse mir Unterscheidungsvermögen an, um auf Nummer sicher zu gehen. Dadurch verringert sich, worum ich mich kümmern muss, wird überschaubar. Ich mache es überschaubar. Verstümmle die Palette meines Erlebnisvermögens freiwillig. Mauere mich ein. Ich rede mir ein, dadurch weniger zu leiden. Dabei sterbe ich nur langsam ab. Ersticke. Vielleicht nicht in Schuldgefühlen. Dafür in Vorbehalten: im aussen vor Behalten dessen, wovon ich nichts wissen will. Dem Ideellen nachjagend anstatt dem Tatsächlichen.

Das Verfolgen von Idealen endet tödlich. Das musste ich am eigenen Leib erfahren. Es ist ein Bauen auf Sand. Auf Stelzen aus Luft. Auch wenn es höchsten Lohn verspricht, wie Integrität und Tugendhaftigkeit. Es ist ein Kartenhaus, das der geringste Sturm über den Haufen bläst. Gnadenlos. Ich bleibe mit nichts zurück. Mit leeren Händen.

Mit leeren Händen stehe ich ohnehin da. Fragt sich nur, unter welchen Umständen. Sind meine Finger zu Krallen geworden, die jede flüchtige Gelegenheit beim Schopf packen? Oder sind sie Schalen des Aufnehmens und Weitergebens? Ueberquellend vor Fülle?

„Wenn du kommst, komm mit beiden Händen", pflegte mein Lehrer zu sagen. Mit beiden Händen, um mich an seine Hände zu klammern? Um Fürsorge zu ertrotzen? Führung? Um Hilfe entgegenzunehmen? Um grundsätzlich etwas zu bekommen? Oder um alles wegzuschenken? Als Geste der Hingabe? Des Loslassens? Es ist ein weiter Weg von einem Stadium zum anderen. Er ist nie einfürallemal zu Ende. Finger haben die Tendenz sich zu krümmen. Immer wieder. Und immer wieder kann Atem sie zum Aufmachen bewegen. Liebevoll, geduldig, zärtlich, mit Humor. Wie bei meinen Katzen, denen ich auch nicht auf Dauer böse bin, wenn sie vom Tisch was klauen.

Durch Geduld wurde es mir auch möglich, bewusst Fehler zu machen. Zum Zweck, Muster zu erkennen. Plötzlich stand diese Forderung vor mir. Ein Gehen auf dünnstem Eis, das jederzeit einbrechen konnte, zitternde Angst im Herzen. Wie, wenn ich dadurch alles verlor? Akzeptanz von aussen? Achtung? Wertschätzung?
Ich tastete mich behutsam an die Uebung heran ohne darüber zu sprechen, oder mich zu erklären. Das hätte sie verwässert. Ich brauchte die unverfälschte Reaktion des Gegenübers auf mein Verhalten. Keine Rücksichtnahme. Sondern Unmittelbarkeit.
Ich begann im Kleinen, im behutsamen mich vorwärts Tasten. Die Reaktion auf meine Fehler überraschte mich nicht, war mir sattsam bekannt, bis zum Ueberdruss. Sie liess sich programmieren. Dadurch schälten sich Muster heraus. Schmerzhaft deutlich. Muster, die das Zusammenleben mühsam machen.
Ohne mich zu ducken und innerlich zu schrumpfen lernte ich, die Reaktion meiner Umwelt zu ertragen. Zu begrüssen. Mein Nervensystem zog nicht mehr

automatisch den Schwanz ein vor Schreck. Ich konnte wirklich zuhören. Mit mir als Ganzem. Mich Vorwürfen aufrecht gegenüberstellen ohne Scham. Der Bissen blieb mir nicht mehr im Hals stecken, wenn ich währenddessen am Essen war. Ich ass und atmete. Und der Vorwurf unterschied sich kaum von einem Kompliment. Es wurde mir möglich danke zu sagen. Zuzustimmen. Unidentifiziert.

Fehler verloren das Monströse, schmolzen zu Mustern, denen ich ungerührt ins Auge schauen konnte. Das half auch dem Stolz zu schmelzen. Ich lernte, zu meinem Verhalten zu stehen. Still und ohne Aufhebens. Und konnte es dadurch allmählich bleibenlassen. Es bedeutete keine Niederlage, dem Gegenüber rechtzugeben. Es durfte sich als das Stärkere fühlen. Es wurmte mich nicht.

Die Folge davon erstaunte mich. Das sich stärker Fühlen wurde nicht gegen mich ausgespielt. Offenheit ermöglichte Offenheit. Man kam mir entgegen, anstatt mich abzustempeln und auszugrenzen, wie ich es insgeheim befürchtete. Zartheit blühte auf. Langsam. Stetig. Wirkliches Zusammengehen. Zusammensein. „Steter Tropfen höhlt den Stein." Dass ich mich freiwillig aushöhlen liess, schuf Raum, Weite, Behutsamkeit.

Daraus ergab sich eine andere Uebung. Ich lernte, mir im Spiegel direkt in die Augen zu schauen. Lernte den Schmerz in meinen Zügen zu erkennen. Die Gehetztheit im Blick. Die Verspanntheit in den Gliedern. Haltungen eines sich bedroht fühlenden Tiers, die sich nun ebenso allmählich auflösten. Es brauchte Zeit und Geduld.

Und es braucht auch heute Zeit und Geduld. Immer wieder. Liebevolles auf mich Eingehen ohne Sentimentalität. Kein mich in den Arm Nehmen und Wiegen wie ein krankes Kind.

Ich bin nicht arm. Bedauernswert. Ich bin ich. Ein vollwertiger Mensch. Ohne Schuld oder Sünde. „Verschwendung ist die einzige Sünde, die es gibt", betonte mein Lehrer. Verschwendung als ein sich Baden in Sentimentalität, in der Annahme, etwas Besonderes zu sein: besonders arm dran, besonders heimgesucht.

Mir in die Augen zu schauen, löste das Nervensystem. Eindrücke gewannen an Klarheit. Nicht automatisch zu assoziieren, verlängerte ihre Dauer. Sie prägten sich tiefer ein. Es bedurfte weniger Wiederholungen, um sie abrufbar zu machen. Noch ein Energiegewinn. Sie wurden mir rascher bewusst. Automatische Assoziation verändert Eindrücke. Verfälscht sie. Verwischt das klare Muster. Wie Sturm, der über Sand fegt. Gefühlssturm.

Leben gestaltete sich dadurch einfacher. Nüchterner. Bestimmt unromantischer. Dafür durchsichtiger. Blitzend wie ein Diamant. Und das Gieren nach Eindrücken liess nach. Liess beträchtlich nach. Es gab keinen Anschluss zu verpassen. Das wurde mit jedem Tag offensichtlicher.

Und offensichtlicher wurde mit jedem Tag auch mein Alleinsein. „Breite deine Arme aus", sagte mein Lehrer. „Der Raum innerhalb der Spanne deiner Arme ist der Raum, der dir zusteht." Das allmählich zu verstehen, warf mich auf mich selbst zurück. Wieder und wieder. In mein Alleinsein.

Ich wurde mir meiner ständigen Uebergriffe bewusst. Pausenloser Einmischung. Störung von Raum, in dem ich nichts zu suchen hatte. Anstatt mich um mein Leben zu kümmern, griff ich in andere Leben ein. Nannte das Geben. Verantwortung. Bildete mir ein, für andere Verantwortung übernehmen zu können. Für andere anstatt für mich. Das schien mir einfacher. Ganz natürlich. Ich wusste doch, was andere brauchten. Wollte ihr Bestes.

Auf mich selbst zurückgeworfen zu werden, war ein harter Schock. Ich wurde erneut einsam wie als Kind. Litt noch einmal wie als Kind. Durchlitt noch einmal die schreiende Einsamkeit meines ganzen Lebens. Und doch unterschiedlich, da es freiwillig geschah. Ich war nicht mehr dazu verflucht. Ich unterzog mich der Einsamkeit, um sie kennenzulernen. Das veränderte das Leiden. Es schmerzte anders.

Eine Art Reue machte sich bemerkbar: ich hatte so viel Zeit verloren! Und Zuversicht tauchte auf: ich war nicht schuldig. Brauchte mich nicht zu geisseln, zu verurteilen. Ich war wie ich war. Mein Leben war so. Ich wusste es nicht besser.

Das half der Demut sich zu zeigen. Ein Wort, das ich nicht liebte. In meinen Augen ein verächtliches Wort. Eine Bezeichnung für Feiglinge. Für Duckmäuser. Nun konnte ich ihm Raum geben. In Stille und Bescheidenheit. Was nicht heisst, dass ich ein anderer Mensch wurde. Ich blieb dieselbe. Nur die Klangfülle meines Lebens nahm zu. Das Spektrum meiner Erlebnisfähigkeit. Meiner Fähigkeit, mich ins Leben einzubringen.

Ich bekam die Wahl. Anstatt stereotyp zu reagieren und zu handeln, wurden differenziertere Verhaltensweisen möglich. Das Verharren in Stille zum Beispiel. Das Lachen über mich selbst. Die Freude an der Vielfalt von Ausdrucksmöglichkeiten. Auch wenn ich nicht alle selbst anzuwenden brauchte. Oder billigte. Von manchen fand ich, sie kämen für mich nicht in Frage, da sie zerstörerisch wirkten, dumm, unkreativ.

Erst durch diese Möglichkeit freiwilligen Leidens kam ich der Quelle von Kreativität näher. Der Entdeckung des Lebens aus der eigenen Quelle. Der einen Quelle. Der Quelle überhaupt. Eine Entdeckung, die mich auch erschreckte. Sie gestattete keine Verschwendung. Kein

Leben auf Kosten anderer. Das Gebot: „Du sollst nicht stehlen", bekam einen neuen Sinn. Du sollst nicht Energie stehlen. Die Lebenskraft anderer. Sollst andere nicht aussaugen. Ihnen nicht die Verantwortung für dein Versagen zuschieben. Die Schuld daran, weil sie dich an deiner Entfaltung gehindert hätten.

Dadurch erhielt auch der Begriff der Verantwortung ein anderes Gesicht. Niemand trug sie für mich. Ausser ich selbst. Niemandem durfte ich sie aufbürden. Nicht meiner Mutter. Nicht meinem Vater. Nicht den Umständen. „Unterschätze dich nicht", mahnte mein Lehrer. Mein Leben unterstand meiner Verantwortung vom ersten bis zum letzten Atemzug. Nichts enthob mich ihr. Das nicht zu vergessen, bedeutete Sinn und Zweck meines Lebens. Ebenso wie die Konsequenzen daraus zu tragen. Dabei half mir die Arbeit in den Gruppen.

Ich verabscheute Gruppen. Befand mich in guter Gesellschaft damit. Wenige in den Gruppen um unseren Lehrer zeigten sich begeistert davon. Gruppen stellten ein notwendiges Uebel dar, gegen das ich immer wieder aufmuckte. Ich zierte mich erbärmlich. Machte mich schauderhaft rar. Doch nur so rar, dass man mich nicht vergass. Ich inszenierte meine Auftritte. Uebersehen werden wollte ich auf keinen Fall. Nur mich auch nicht einfach unterbuttern lassen. Einfach mitzuarbeiten verbot mir der Stolz. Einfach unsichtbar dazusein. Immer noch gierte ich nach Besonderheit. Ich hatte eine hohe Meinung von meinen Fähigkeiten. Und ich wollte nicht bloss Basisarbeit leisten: im Zentrum schrubben, kochen, Papiere vervielfältigen. Ich musste mich hart in die Zange nehmen um aufzuhören, Aufmerksamkeit auf mich zu ziehen. Zu meinen, ich hätte Bedeutendes beizutragen.

Die Entdeckung meiner Mittelmässigkeit kostete einen hohen Preis. Und kostet ihn noch. Die Entdeckung meiner

Mittelmässigkeit bedeutete aber auch immense Erleichterung im ganzen Muskel- und Nervensystem. Sie zog mich auf den Boden der Realität. Und ich brauchte mir und anderen nicht mehr ständig zu beweisen, dass ich fliegen konnte. Im Gegensatz zur übrigen Menschheit. Es machte auch nicht länger Sinn fliegen zu wollen. Einfach stillzustehen erwies sich als viel bereichernder. Als heilend. Das hin- und hergerissen Werden erübrigte sich. Ich wurde leiser in meinen Lebensäusserungen: im Sprechen, im Gestikulieren. Die grosse Pose, die ich so überaus liebte, verlor sich. Erwies sich als zu lächerlich um aufrechterhalten zu werden. Auch als zu verletzend. Was nicht heisst, dass ich dagegen gefeit bin. Sie ist und bleibt ein Thema. Wie so vieles andere. Gerade weil mich nichts davon verdammenswert macht.

Mir meine Bedürftigkeit und hundertprozentige Abhängigkeit vom Leben einzugestehen war ein schwerer Schritt. Ich wäre doch so gerne Ikarus gewesen. Ohne seinen Absturz, versteht sich!

****

10. KAPITEL

Das Lehren des Lehrers und das Lernen des Schülers basieren auf dem Prinzip der Alchimie. Uebungen, die der Lehrer dem Schüler gibt, sind wie Boote. Worte, die der Lehrer zum Schüler spricht, sind wie Boote. Das Sitzen im Zen. Die Disziplin des Yoga. Der Dhikr im Islam. Das Drehen der Derwische.....: alle sind sie wie Boote. Sie sind nicht die Essenz. Aber sie tragen sie. Schaffen Voraussetzungen, unter denen Verwandlung geschehen kann, jedoch nicht garantiert ist. Der Zeitpunkt dafür muss stimmen. Die Haltung des Lernenden. Die Bereitwilligkeit, der Reifegrad des Lernenden. Wie im Prozess des Kochens, muss der Schüler garsein.
Gar wird er durch Leiden. Durch Sehnsucht und Hilflosigkeit. Durch den Schmerz des Suchens. Am Nullpunkt, am „Punkt ohne Wiederkehr", wandelt sich Leiden zu Gold. Wandelt sich Dunkelheit zu Licht. Gehen die Augen auf.
Die Sehnsucht ist das Quäntchen Gold im Herzen des Schülers. Das Quäntchen Gold, das der Alchimist braucht, um Gold in Mengen herzustellen. Sehnsucht kann den Suchenden zum Weg führen. Kann ihn zum Lehrer ziehen, kann Lernbereitschaft in ihm mobilisieren. Jedoch nicht einfach Sehnsucht nach einem Partner, nach Erfolg, nach Geld. Sondern Sehnsucht nach Wissen. Dem Wissen um das Woher und das Wohin. Um den Ursprung des Seins.
Der Schüler wird laufend Tests unterzogen, um seine Standhaftigkeit zu prüfen, seine Hingabe und Loyalität. Tests muss er nicht notwendigerweise bestehen. Es

werden keine Noten erteilt. Der Schüler muss nicht gut sein. Er muss nicht um die Gunst des Lehrers buhlen. Lehrer und Schüler brauchen einander nicht zu mögen. Nur Liebe zwischen ihnen ist notwendig.

Ohne Liebe von beiden Seiten geht es nicht. Liebe öffnet den Schüler für das Risiko des Lernens. Mit sterilem Herzen kann niemand lernen. Erkennt und anerkennt der Schüler die Autorität des Lehrers nicht, ist keine Zusammenarbeit möglich.

Autorität als Funktion ist gefragt. Nicht Autorität als Mittel zu Macht. Der Lehrer übt nicht Macht aus. Er ist nicht Herrscher. Er ist Diener des Schülers.

Mein Lehrer wies uns laufend auf diesen Umstand hin. Darauf, dass wir den Lehrer benutzen sollten. Sein Wissen, seine Fähigkeiten, seine Ebene des Seins. „Wozu kommt ihr hierher, wenn ihr nicht mit mir arbeitet", fragte er. „ euch nicht einlasst?"

Doch der Lehrer braucht die Erlaubnis des Schülers, um mit ihm zu arbeiten. Sonst darf er sich ihm nicht nähern. Er braucht sie ständig erneut. Ohne Erlaubnis lässt der Lehrer den Suchenden in Ruhe.

Der Suchende besucht Gruppen, nimmt an Seminaren teil, tauscht mit dem Lehrer Briefe aus, schickt Geschenke.... : es nützt nicht viel, solange er den Lehrer nicht um direktes Einschreiten bittet. Er wird nur wenig lernen. Kaum fortschreiten im Verstehen, im Sehen und Erfahren.

Es braucht das sich Ausliefern. Unmittelbares Handeln ist gefragt. Direkte Kommunikation mit dem Lehrer. Innere Arbeit benötigt Druck und Hitze. Die Erlaubnis an den Lehrer setzt den Schüler unter Druck und Hitze. Der Druck und die Hitze kommen nicht vom Lehrer. Das Erteilen der Erlaubnis von seiten des Schülers an den Lehrer produziert sie. Der Lehrer ist Mittler. Helfer zum

Zweck. Er weist mit dem Finger auf die Essenz. Er gibt sie dem Schüler nicht. Ist sie doch im Schüler bereits vorhanden. Er muss sie nur aus der Verschüttung befreien. Selber. Durch Arbeit. Unter der Anleitung des Lehrers. Nicht der Lehrer tut die Arbeit sondern der Schüler. Kein Hörigkeitsverhältnis wird angestrebt.

Dass ich in meinen Lehrer nicht verliebt war, erleichterte es mir, seine Autorität anzuerkennen. Mich ihr zu beugen. Das lief jedoch nicht ohne Schwankungen ab. Die Beziehung Lehrer/Schüler ist dynamischer Natur. Der Rosenstock muss laufend beschnitten werden, soll er Blüten tragen. Es braucht den Schleifstein, um den Diamanten zum Funkeln zu bringen. Die Lehrer/Schüler-Beziehung ist keine Heile-Welt-Beziehung. Sie war es auch für mich nicht. Mir ging mein Lehrer oft auf die Nerven. Ich fand seine Begeisterungsfähigkeit öde, seine Traditionstreue ätzend.

Mit Traditionen hatte ich nichts am Hut. Ich verachtete sie. Zumindest fand ich es nicht der Mühe wert, einen positiven Gedanken an sie zu verschwenden. Ich war stolz darauf, keiner Kirche anzugehören. Bildete mir auf diese Freiheit etwas ein. Wie ein Backfisch auf das Recht auf Rebellion pocht. Ich mochte mich auch nicht auf Gott berufen, so wie mein Lehrer. Und vor allem mochte ich keine Gebete sprechen.

Ich fragte mich oft, warum ich gerade diesem Lehrer begegnet sei. Seiner Art von Gottgläubigkeit. Was zog uns zueinander? Was verband uns? Was hatten wir aneinander zu erfüllen? Ich erfuhr es nicht. Am Wissen um frühere Leben war mir nicht gelegen. Einblicke blieben mir deshalb verschlossen. Sie kümmerten mich auch nicht. Jetzt wollte ich leben. Jetzt. In keiner fernen oder nahen Vergangenheit.

Deshalb fiel es mir nicht immer leicht, meinen Lehrer wie einen Lehrer zu achten. Sein sich Berufen auf die Linie, die Tradition, der er angehörte, langweilte mich. Seine Dankbarkeit gegenüber denjenigen, die uns vorausgegangen seien im Leiden, in der Liebe den Weg für uns Nachkommende geebnet hätten..... Davon wollte ich nichts wissen. Es beschnitt meinen Willen nach Unabhängigkeit. Ich wollte niemandem dankbar sein. Auch meinem Lehrer nicht. Und schon gar nicht Gott. Von Gott hatte ich die Nase gestrichen voll. Half er mir je?

Mein Lehrer nahm das gelassen hin. Er zwang mich zu nichts. Kein einziges Mal zwang er mich zu etwas. Ich ging an langer Leine. Doch sie zerriss nicht. Das hätte ich gespürt. Ich hütete mich davor, sie zerreissen zu lassen. Das wäre einer Katastrophe gleichgekommen. Einem nicht wieder gutzumachenden Fehler.

Dessen war ich mir bewusst. Es hätte auch nicht zu meiner Lebensauffassung gepasst. Beziehungen, die ich eingehe, beende ich nicht. Auch wenn ich jemanden nie mehr sehe, behalte ich ihn im Herzen. Ob die Erinnerung schmerzt, oder nicht. Ich glaube nicht an das Zurücklassen. Wohin sollte etwas verschwinden? Wohin verschwindet die Flamme, wenn man die Kerze ausbläst? Wäre sie ein für alle mal weg, wie könnte die Kerze dann wieder angezündet werden?

Empfindungen dieser Art halfen mir viel in der Arbeit mit meinem Lehrer. Im loyal Sein. Im treu Sein. Es war Zeitverschwendung, mir Vergangenes aus dem Herzen reissen zu wollen. Es funktionierte nicht. Nichts war ausradierbar. Nichts brauchte ausradierbar zu sein. An nichts war etwas falsch. Nichts behinderte das Vorwärtsgehen. Ausser dem Versuch des Abwürgens. Des nicht wahrhaben Wollens. Des Einfärbens von Erinnerung in etwas mir Genehmes, für das ich mich nicht mehr zu schämen brauchte.

Der Scham in die Augen zu schauen, war in der Tat nicht leicht. Es ging nur, indem ich lernte danke zu sagen. Das danke Sagen nahm der Scham das Beschämende. Das danke Sagen gegenüber meinem Lehrer machte es auch unnötig, mich später von ihm zu trennen.

Anstatt aus Ohnmacht aufzubegehren, lernte ich, ohne mich zu schämen danke zu sagen. Das verkürzte zwar die Leine zwischen uns. Die Beziehung wurde enger. Tiefer. Doch zugleich offener und freier.

Ich brauchte meinem Lehrer nichts vorzumachen. Es war in Ordnung, ihn näher und näher rücken zu lassen, zahm zu werden, anzunehmen, dass ich geliebt wurde. Nicht von ihm als Person. Es zu erkennen jenseits seiner Person. Den Trotz des Verkanntseins fallen zu lassen. Diesen Trotz, der zur Exotik meines Lebens beitrug. Wer war ich noch, wenn ich klein beigab? Das Schillernde mir abhanden kam? Das paradiesvogelhaft Auffallende? Blieb ich dann noch interessant?

Ich blieb interessant. Die Zusammenarbeit mit meinem Lehrer wurde einfach fruchtbarer. Stiller. Fliessender. Ich brauchte keine dutzendseitigen Briefe mehr zu schreiben, um mich zu erklären. Ich wusste, mein Lehrer sah mich auch so. Sah mich in meiner Essenz. Ohne Vorwurf. Ohne Bemängelung. Ich durfte loslassen. Begegnung durfte stattfinden, Auge in Auge, Herz in Herz, Stille in Stille. Im Licht des Augenblicks.

Die Begegnung zwischen Lehrer und Schüler ist die gefahrloseste, die es gibt. Einmal abgesehen davon, dass es dabei den eigenen Verhaltensweisen an den Kragen geht. Der eigenen Programmiertheit. Ein Lehrer haut seinen Schüler nicht in die Pfanne. Lässt ihn nicht im Stich. Was immer der Schüler auch tut, oder gegen den

Lehrer unternimmt. Ein Lehrer nährt und unterhält keine Feindschaften.

Gerade meinem Lehrer jedoch sind solche Vorwürfe gemacht worden. Immer wieder. Von Leuten, die seine Geradlinigkeit nicht ertrugen, seine Kompromisslosigkeit. Sein nicht käuflich Sein. Und vor allem das bedingungslose Geliebtwerden. Das nicht von ihm kam, sondern sich durch ihn offenbarte. Ohne Ansehen der Person.

Wem das Herz voller Vorwürfe steckt, fürchtet sich vor bedingungsloser Liebe wie vor dem Tod. Bedingungslose Liebe ist Tod. Ein Absterben gegenüber dem Wenn und Aber. Gegenüber Vorbehalten und Zweifeln.

Und dennoch braucht es die Qual des Wenn und Aber, der Vorbehalte und Zweifel, als Fahrzeuge, die mich in die Nähe des Lehrers karren.

Lehrer lehren auf unterschiedlichste Weise. Ueber meinen Lehrer lernte ich einige Lehrer kennen: in Europa, im Nahen Osten, in den Staaten, in Kanada. Manche prominenter als andere. Manche reich. Andere ganz von der Unterstützung ihrer Studenten abhängig. Nicht alle bekannten sich zu einer Tradition, einer Linie. Doch allen war eines gemeinsam: die Liebe. Das Offenstehen ohne Vorbehalt. In den Augen zu erkennen. Im Blick bar der Erwartung, der weder nach Anerkennung noch nach Dank schielt. Tief ist wie ein Meer. Bodenlos. Durchsichtig wie Kristall. Er wendet sich nicht ab. Windet sich nicht. Verschleiert sich nicht. Ist Stille.

Was nicht heisst, dass auch der dazugehörende Mensch in seinen Aeusserungen immer still sein muss. Mein Lehrer tanzte leidenschaftlich gern. Er sang auch noch, als er längst dem Pop-Geschäft entwachsen war. Er liebte den

Zirkus und das Theater. Italienische Opern. Dudelsackpfeifer.

Ein anderer Lehrer, dem ich begegnete malte, modellierte, komponierte. Erschreckte seine Studenten mit Sketches, die an Blasphemie grenzten. Schien vor nichts Respekt zu haben. Bearbeitete das Nervenkostüm seiner Schüler mit Schocks über Schocks:

einmal, beim Mittagstisch, hatte er genug von deren Gier, packte ein Schnitzel, warf es auf den Boden und sich damit. Schubste es mit Nase und Stirne vor sich her. Kläffte dazu. Knurrte wie ein Hund. Die Schüler grinsten verlegen. Schämten sich vielleicht der Darbietung. Schämten sich des Lehrers, der sich in diese entwürdigende Pose begab. Doch nicht lange. Bald wurde es mäuschenstill im Raum.

Ein anderes Mal schuf er eine einem Konzentrationslager ähnliche Situation. Die Fenster wurden schwarz angemalt. Das Zeitgefühl kam den Schülern abhanden. Zu essen gab es nur das Allernotwendigste. Weder Lektüre noch Musik. Keine Abwechslung. Keine Eindrücke. Man war sich selbst überlassen. Und zugleich hundertprozentig aufeinander angewiesen. Zur Sicherung der Disziplin schob jemand mit einem Maschinengewehr Wache. Es dauerte nicht lange, um den Urmustern der Leute zum Durchbruch zu verhelfen.

Solch krasse Mittel wandte mein Lehrer nicht an. Doch auch er arbeitete mit Schocks. Spielte Leute gegeneinander aus. Hetzte sie aufeinander los.

Einmal sass eine seiner Gruppen an langen Tischen. Die Uebung verlangte, dass immer zwei und zwei einander in die Augen starrten. Sie war gerade so richtig im Gange. Man hatte sich in ihr zurechtgefunden und fühlte sich einigermassen wohl dabei. Da platzte mein Lehrer ins Zimmer und rief: „Seid ihr auch bereit, für eure

Ueberzeugung aufs Schlachtfeld zu laufen und euch erschiessen zu lassen!?" Der Ballon explodierte mit einem Knall. Die Leute wurden übergangslos aus dem Schlaf gerissen.

Oder er schrie: „Warum liebt ihr einander nicht? Ich will sehen, wie ihr einander liebt. Ich gehe nicht eher zu Bett, als bis ihr einander liebt!"

Es war ein harter Tag gewesen. Er begann vor dem Morgengrauen. Nun war es beinahe Mitternacht. Jedermann war erschöpft. Dem Zusammenbruch nahe. Desillusioniert. Gehässig. Man kauerte in einem winzigen Raum. Die Luft war stickig. Die Atmosphäre zum Zerreissen gespannt. Und nun das!

In den Augen der einen stand unverhohlen Abneigung gegen den Lehrer. Andere schnaubten vor Wut. Es würde einer dieser endlosen Abende werden: o Gott! Der Kessel brodelte. Mein Lehrer hörte nicht auf, darin zu rühren. Seine Matratze musste geholt werden, obwohl es dafür keinen Platz gab. Mein Lehrer räkelte sich darauf. Machte sich lustig über die einen. Bestärkte andere in der Annahme, sie gehörten zu denen, die verstünden. Die wüssten, worum es gehe. Schürte die Emotionen. Liess sie zu Hochform auflaufen. Die Hitze im Raum wurde unerträglich. Der Geruch der Erregung stank zum Himmel. Mein Lehrer riss Witze darüber. Knabberte Schokolade. Und verschenkte davon an speziell Auserwählte.

Kurz vor dem Ueberschwappen der Emotionen brüllte er: „Stop!" Mit Donnerstimme. Der Raum samt Inhalt gefror. Das Denken stand still. Vor den Füssen des Lehrers brach ein Mann zusammen. Lautlos. Ergab sich wie ein Stück Stoff.

Die Atmosphäre veränderte sich schlagartig. Man besann sich. Erinnerte sich daran, wo man war. Der Atem kehrte zurück. Stille kehrte zurück. Mein Lehrer beugte sich über den Mann. Die zunächst Stehenden unterstützten ihn dabei. Der junge Mann schien ohnmächtig. Mein Lehrer half ihm mit äusserster Sorgfalt, mit messerscharfer Konzentration durch das Nadelöhr hindurch.

Die Zeit verrann. Die Müdigkeit war vergessen. Die Hitze vergangen. Ebenso der Gestank.

Als der Mann die Augen aufschlug, dämmerte der Morgen. Man erhob sich sachte. Bewegte sich leise und behutsam. Jeder des anderen Nächster. Grundsätzliches war geschehen. Es war für alle etwas davon abgefallen.

Den Krampf in den Menschen zu lösen. Den Krampf, hervorgerufen durch das Aufrechterhalten von Fassade. Eines Selbstbildes, das abschreckt. Unangreifbar macht. Ueberleben gewährleistet. Diesen Krampf zu lösen, ist Teil der Aufgabe des Lehrers. Nicht durch den Austausch einer Fassade gegen eine andere, eines Selbstbildes gegen ein anderes. Sondern im Schüler die Kraft weckend ohne Fassade, ohne Selbstbild auszukommen. Sozusagen ohne Persönlichkeit. Damit er nichts mehr zugeordnet werden kann. In keine Schachtel passt. Mit Buchstaben und Nummern beschriftet. Er soll im Gegenteil zum Klingen kommen wie eine Orgel, der kein Ton fremd ist. Deren Spektrum jeden Klang des Lebens abdeckt. Furchtlos. Der Mensch als Klangkörper, durch den sich Leben in seiner Ganzheit manifestiert. Was nicht heisst, dass wahllos alles erlaubt sei. „Wir verdrängen nicht das Böse. Wir unterstützen das Gute", lehrte mein Lehrer. Erzählte dazu folgende Geschichte:

„Ein Onkel vergewaltigte seine Nichte wieder und wieder. Krieg brach aus. Die Familie musste fliehen. Es gab nur ein fahrtüchtiges Boot. Auch der Onkel bestieg es. Da schrie die Nichte in höchster Not ihre Qual aus sich heraus. Man fiel über den Onkel her, ersäufte ihn." - Mein Lehrer fuhr fort, indem er fragte. „Wie hättet ihr entschieden? Wer von den beiden bedurfte grösserer Hilfe? Stärkeren Mitgefühls? Das Opfer oder der Täter?"

Von Trost hält mein Lehrer nichts. Er nennt ihn ein Pflaster, das die Wunde zwar zudecke, aber darunter eitere sie. Es ist, als verbinde ich mir die Augen und nehme an, unsichtbar zu sein. In der Arbeit mit dem Lehrer werden Wunden entblösst, Geschwüre aufgeschnitten, damit Uebelriechendes ausfliessen kann, die Wunde sich leert, frisches Gewebe nachwächst.

Begriffe wie „Schuld und Sühne", „Auge um Auge, Zahn um Zahn" passen nicht zu einem Lehrer. Er ist kein Politiker. Da er nicht urteilt, übt er auch keine Vergeltung. Das Wort „weil" gehört nicht zu seinem Wortschatz. „Weil" bedingt Erklärungen, bedingt Aktion und Reaktion. Das Ping-Pongspiel von Macht und Ohnmacht. Bedingt einen Ueberlegenen und einen Unterlegenen.

Auf meinen Lehrer traf Katalogisierung nicht zu. Er teilte die Menschen nicht in Gute und Böse ein. Was nicht heisst, dass er sich mir nichts dir nichts hätte abschlachten lassen. Er war auf der Hut. Weniger mit wem er sich einliess. Denn er liess sich mit jedem ein, der seinen Weg kreuzte. Mit den unmöglichsten Typen. Manche wild und kreativ. Andere verlaust und stinkend. Innerlich wie äusserlich. In jedem erkannte er die Essenz. Seine Tür stand bedingungslos offen. Er liebte seinen Nächsten wie sich selbst. Da er sich selbst kannte, sich selbst erkannte, unterschied er nicht. Was nicht heisst, dass er einen bissigen Hund mit ins Bett genommen hätte. „Gib dem Kaiser was des Kaisers ist. Gib Gott was Gottes ist."

Da mein Lehrer den Menschen als das Ebenbild Gottes erfuhr, handelte er dementsprechend, gab, wovon er sah, dass es gebraucht wurde. Gemäss den Umständen. Mit vollen Händen. Den letzten Rappen. Das letzte Hemd. Unterscheidungsvermögen sollte nicht mit Dummheit verwechselt werden.

****

11. KAPITEL

Als ich zwanzig Jahre alt war, sah ich meinen Märchenprinzen. Auf der Bühne. In einem Drama von Ibsen. Er zählte zwei Jahrzehnte mehr als ich, sprühte vor Lebendigkeit. Einer Lebendigkeit, die mich aufwühlte. Die Intuition durchschoss mich wie ein Blitz: „Wenn dieser Mann mich je ruft, laufe ich vom Ende der Welt mit blossen Füssen zu ihm." Ein Schwur, der sich in mir einbrannte wie ein Feuermal.

Ich heiratete. Den Schauspieler vergass ich nicht, hörte ihn hie und da am Radio. Meine Erinnerung und seine Stimme verwoben sich zu einem reissfesten Band. Doch wie hätte er mich rufen sollen? Er war prominent. Ständig auf Reisen. Und wer war ich?

Sechzehn Jahre später entwickelten sich die Umstände so, dass mich der Mann tatsächlich rief. Verzweifelt. Mit Tristans Worten. Und mein Schwur trug mich zu ihm. Selbstverständlich.

Er war gross und stark, trug mich herum wie eine Feder. Und er konnte fliegen. Wir wurden dem Alltag so sehr entrückt, dass nicht zusammensein zu können teuflische Folter bedeutete. Und wir konnten selten zusammensein. Sein Terminplan erlaubte es nicht.

Ich spürte intuitiv, dass das keine Beziehung zum Behalten war. Wir wären daran zu Grunde gegangen. Ueber kurz oder lang. Das Zusammensein erwies sich als ebenso qualvoll wie das Getrenntsein. Erfüllung unterschied sich in nichts vom Schmerz des Getrenntseins. Unsere Leben brachen auf, wie ein Vulkan explodiert.

Wir schrieben einander täglich. Kam kein Brief, herrschte Weltuntergangsstimmung. Wir erlebten miteinander, was Dichter ersinnen. Wurden zu Tristan und Isolde. Auf einer Gratwanderung zwischen Ekstase und Verderben.

Und zum Verderben kam es auch beinahe. Hätte ich nicht das instinktive Wissen gehabt, dass mir nichts gehört. Dass ich durch alles nur hindurchgehen darf, um es immer wieder loszulassen.

Das Loslassen kostete Jahre inneren Verbranntwerdens. Meistens ging ich umher wie mit vierzig Grad Fieber. Sein Name in meinem Herzen trieb mich um. Und zwang mich gleichzeitig zu Wachheit. Nie vorher erlitt ich solchen Schmerz. Er übertraf alle Vorstellung.

Ihm ging es nicht besser. Dass wir überlebten grenze an ein Wunder, fand er.

Unter diesem Druck schrieb ich meine ersten Gedichte. Je stärker die Verzweiflung wucherte, desto klarer bildeten sie sich in mir. Ich brauchte nichts dafür zu tun. Sie nur aufzuschreiben. Sie wurden zu Trittsteinen auf meinem Weg, „durch die lange, dunkle Nacht der Seele", wie Johannes vom Kreuz sagte.

Durch eine Nacht, die kein Ende nehmen wollte. Mir schien, ich bekomme mein Leben nicht in den Griff. Tatsächlich bekam ich es auch nicht in den Griff. Zumindest nicht so, wie ich es mir vorstellte. Ich war aus dem Geleise. Nichts lief mehr nach Plan. Meine Lebenswünsche hatten sich erfüllt. Der grösste davon war gewesen, diesem Mann zu begegnen. Was bot das Leben nun noch? Mir waren scheinbar Einblicke gewährt worden, die den Alltag unlebbar machten.

Ich musste lernen, ganz neu zu existieren. Wie nach schwerer Krankheit. Ohne Hoffnung auf Genesung. Doch wollte ich überhaupt genesen? Und wovon sollte ich genesen?

Was ich dringend brauchte, war Klarheit über das zwischen uns Geschehene. Vor allem über das mit mir Geschehene. Darauf richtete sich meine Sorgfalt nun. Es glich einem sich Zurechtfinden im Dschungel. Mein Wirrwarr an Gefühlen verbarrikadierte mir die Aussicht. Jahre vergingen über meinem Ringen, meine Gefühle zu erkennen. Sie zu benennen. Zu ordnen. Sie versteckten sich an tausend Orten. In jeder meiner Zellen stolperte ich über sie.

Meine Flügel zerbrachen darob. Und ich wurde mit der Nase auf meine Körperhaftigkeit gestossen. Ich begriff: es gab kein Entwischen in höhere Gefilde. Es würde nie ein Entwischen in höhere Gefilde geben. Dennoch trotzte ich meiner Körperhaftigkeit. Sie vergällte mir das Leben. Ich wollte kein Wurm sein, der auf der Erde kriecht. Doch ich war zu weit gegangen um umzukehren. Ich musste mich entscheiden. Ein Prozess der Ablehnung und des Haderns begann. Ein Prozess der Vorwürfe an meine Person. Ich mochte überhaupt nicht, was sich mir offenbarte.

Zum ersten Mal stellte sich mir die Frage, ob ich schön sei. Die Liebe zu meinem Prinzen hatte mich schön gemacht. Nun suchte ich nach meiner Schönheit jenseits dieser Liebe. Ich tappte im Dunkeln. Weigerte mich, mich zu sehen. Wollte Melusine bleiben. Nicht Frau werden. Wollte keine Verantwortung für meine Gefühle übernehmen. Dichter übernahmen die Verantwortung für ihre Gefühle auch nicht. Es genügte ihnen, sie in die Welt hinauszuschreien. Warum dann ich?

Erneut kam mir das Schreiben zu Hilfe. Wieder durchlebte ich das Beschriebene, als geschehe es mit mir selbst. Meine Geschichten wurden zu Wegen, auf denen ich entlangwankte, zusammenbrach und wieder aufstand. Sie lehrten mich Beziehung. Das mich Einfühlen. Wie die Gedichte, entstanden sie ohne mein Dazutun. Sie meldeten sich unaufgefordert, liessen sich nicht abwimmeln. Stiessen mich in Situationen, die ich nicht freiwillig wählte.

Dadurch traf ich auch auf „Luisa Canetti". Konnte sie förmlich riechen, ihre Haut berühren, ihr Erleben schmecken, als sei es meines. Das wirkte unglaublich lindernd.

Erst nach Abschluss dieser Periode des Geschichtenschreibens war ich reif, um meinem Lehrer zu begegnen.

Luisa Canetti

Klingeln. Räder, die in sandigen Schienen kreischten. Wütendes Hupen. Der Automobilist entkam der Strassenbahn nur um Zentimeter.

Auf dem Fenstersims landete mit vorgestreckten Füssen eine Taube. Sie wippte mit dem Schwanz, gurrte, fuhr sich mit dem Schnabel durchs Gefieder. Eine Flaumfeder blieb am Schnabel hängen. Die Taube machte die Augen auf und zu. Ein Ruck ging durch ihren Körper. Und ein schwarz-weisses Häufchen klatschte auf den Fenstersims, zerfloss zu einem gelblichen Klecks.

Luisa sass am Fenster in einem Rohrstuhl, über den sie eine Decke geworfen hatte. Ihre Füsse ruhten auf einem Schemel. Der rechte steckte in einem Pantoffel aus Fell. Ueber den anderen hatte sie eine wollene Sportsocke gezogen. Verschwollen und wund wie er war, passte er in keinen Pantoffel.

Luisa durchstöberte alte Briefe. Sie lagen aufgefächert in ihrem Schoss. Es waren Briefe ihres verstorbenen Mannes, die sie zum letzten Mal las. Wie sie ohne Bedauern feststellte. Sie wollte sie hinterher im Ofen verbrennen, mochte nicht, dass sie ihrem Sohn, oder ihrer Tochter in die Hände fielen. Für diese lagen in einer Schuhschachtel Photos bereit, ihr Pass und der von Alberto, ihre Heiratsurkunde, die Geburtsanzeigen der Kinder. Auch ein paar Andenken befanden sich in der Schachtel: Kranzabzeichen von Alberto, eine Hutnadel mit Filigranrose, verwaschene Spitzenhandschuhe, die sie sich kaufte, als sie zum ersten Mal mit Alberto zum Tanzen ging. Ein Papierfächer, auf dem rostrote Chrysanthemen prangten, ein Lorgnon, Manschettenknöpfe geschmückt mit Granatsplittern: wertloser Ramsch, gewiss, aber Dinge, die ihr im Lauf der Jahre ans Herz wuchsen. Und sie hoffte sie würden auch Ilona und Loris Freude bereiten.

Die Taube hockte jetzt in einem Winkel des Fenstersimses und liess sich von der Abendsonne bescheinen. Motorenlärm. Eine Boeing dröhnte über der Stadt. Die Taube duckte sich, äugte zum Himmel empor. Flügelschlagen. Eine Staubspur auf der Fensterscheibe. „Die Taube hat bestimmt Flöhe", dachte Luisa. Sie kratzte sich unwillkürlich am Kopf.

Einfache Briefe schrieb Alberto. Eigentlich enthielten sie nichts, was nicht jedermann jederzeit lesen durfte. Alberto war kein guter Schreiber. Er hatte anderes zu tun gehabt. Die Fabrik. Der Schrebergarten vor der Stadt. Das Geld für Essen, für Kleider, Miete und Licht. Er allein war dafür verantwortlich.

„Ich freue mich auf die Hochzeit", hatte er in ungelenker deutscher Schrift geschrieben. „Du wirst sehen, es wird alles gut. Ich habe dich ja lieb. Sollst es schön bei mir haben."

Sie hatte es schön bei ihm gehabt.

Viel Arbeit war es gewesen, die Kinder grosszuziehen, Albertos ölverschmierte Ueberkleider zu waschen und zu flicken, das knappe Haushaltsgeld zusammenzuhalten.

Wünsche konnten sie sich keine erfüllen. Sie kamen immer gerade so zurecht. Aber sie hungerten auch nicht. Und der Mann und die Kinder gingen ordentlich gekleidet einher. Schlampigkeit duldete sie nicht.

Luisa nahm ihr linkes Bein in beide Hände und schob es auf dem Schemel ein wenig zur Seite. So spannte die Wunde oberhalb des Knöchels weniger. Am Fuss selbst verspürte sie kaum noch Schmerzen. Durch die mangelhafte Versorgung mit Blut waren die Nerven unempfindlich geworden.

Sie hätte aufstehen und etwas zu trinken holen sollen. Die Thermosflasche auf dem Nähtisch war leer. Sie verspürte Durst, grossen Durst. Einen Durst, der sich kaum löschen liess. Sie kam sich ausgetrocknet vor wie ein Bachbett im Sommer. Es war, als rinne das Viele, das sie ständig trank nur einfach durch sie hindurch, wie durch einen Schlauch. Ohne Linderung zu schaffen. Sie sollte auch auf die Toilette gehen, war aber zu müde dafür. Ein paar Minuten liess es sich noch aushalten. Zwar fiel ihr das jetzt leichter mit den Krücken, die ihr die Hauspflegerin gebracht hatte. Eine fast übermenschliche Anstrengung bedeutete das Gehen dennoch, besonders seitdem es Herbst zu werden begann. Die feuchten Morgennebel taten ihren arthrotischen Knien überhaupt nicht gut. Und auch schreiben konnte sie manchmal kaum. Vom Putzen komme das, belehrte sie die Hauspflegerin, vom auf den Knien herum Rutschen, der Seifenlauge. Der zusätzliche Verdienst ermöglichte ihnen dafür hie und da, mit den Kindern einen Ausflug zu unternehmen.

Nun liess es sich doch nicht mehr aushalten. Sie musste aufstehen. Luisa zog die Krücken, die am Nähtisch lehnten zu sich heran. Obwohl sie die Füsse sachte vom Schemel gleiten liess, verspürte sie den messerscharfen Schmerz in den Knien und in der handballengrossen Wunde über dem linken Knöchel. Luisa schlurfte, sich an Möbeln anlehnend um zu rasten ins Badezimmer. Es wurde Zeit für sie, Zeit dafür, dass das ein Ende nahm. Sie dachte diesen Satz ohne Bitterkeit, ohne Sentimentalität. Es war eine nüchterne Feststellung, so als sagte sie: „Es regnet draussen."

Die Briefe hatte sie auf den Nähtisch geworfen. Bevor sie sich wieder in ihren Stuhl setzte, stopfte sie die Briefe in eine der speziell grossen Taschen ihrer Schürze und den leeren Thermoskrug in die andere. Die Schürze hatte Ilona für sie genäht. Da sie der Krücken wegen nichts in den Händen tragen konnte, gab ihr das dennoch eine gewisse Bewegungsfreiheit. Nach einigen erschöpften Atemzügen schleppte sich Luisa in die Küche, klinkte das Ofentürchen auf. Bedauerte sie ihren Entschluss? Nein. Kein Bedauern. Das Naheliegendste tun, ruhig und bestimmt. Sie legte sorgfältig einen Brief nach dem anderen auf die Glut. Zuerst wurden die Ecken braun. Darauf kräuselte sich das Papier und die Tinte verblasste. Nur ein Häufchen Asche blieb auf der Glut zurück. Luisa schloss das Türchen, stellte den Wasserkessel auf den Herd. Aus dem Küchenschrank nahm sie die Tafel Schokolade, die sie für diese Gelegenheit aufgespart hatte. Auch Kekse fand sie. Die Hauspflegerin hatte sie ihr für eine erfundene Besucherin mitgebracht. Schokolade und Kekse verschwanden in den Taschen der Schürze. Ebenso der Thermoskrug mit frischem Tee. Beladen wie sie war, konnte Luisa nur noch kleine Schritte machen. Doch nun eilte es nicht mehr. Nun wollte sie nur noch sitzen und warten bis es Abend wurde, die Nachbarin kam, sie mit Essen und Medikamenten versorgte, ihr beim Waschen half, beim Bürsten ihres immer noch glänzenden Haares, das sie in Zöpfe geflochten zu einem Chignon aufgesteckt trug. Wie viele Male musste sie noch schlafen, bis es soweit war? Als Kind zählte sie die Nächte vor Weihnachten, dem Geburtstag, den Ferien: noch dreimal schlafen, noch zweimal - morgen, o morgen war es so weit!

Morgen schon? Nein. Wahrscheinlich nicht. Oder vielleicht doch? Wenn sie Glück hatte. Es hing davon ab, wie glaubhaft sie ihre Geschichte vorbrachte.

Eigentlich hätte sie ihre Wohnung gern pieksauber hinterlassen. Ordnung hätte sie sich gewünscht in jedem Fach, jeder Schublade. Leider reichten ihre Kräfte dazu nicht mehr aus. Wenn nur in ihr drin Ordnung herrschte. Und das traf zu. Aufgeräumt hatte sie in sich drin. Es war verhältnismässig leicht gegangen. Als sie sich ihres Entschlusses sicher war, ergab sich der Rest von selber. Auch Schuldgefühle empfand sie keine. Sie war niemandem Rechenschaft schuldig.

Am anderen Morgen rief ihre Tochter an, wünschte ihr einen guten Tag. Darauf kam die Hauspflegerin und half ihr beim Aufstehen. Frisierte sie, pflegte die Wunde. O, diese Schmerzen! Und wie grässlich das aussah: das gläserne Fleisch, das ständige Fliessen!

Nun sass Luisa wieder in ihrem Rohrstuhl am Fenster, das Frühstück vor sich auf dem Nähtisch. Das letzte? Sie genoss es, ass langsam, trank den Kaffee Schluck um Schluck, nicht in einem Mal, wie sie das sonst gern tat.

Die Hauspflegerin brachte die Spritze. Luisa erhielt regelmässig Insulin. Es gab den bewussten Stich, den in Alkohol getränkten Tupfer. Die Einwegspritze landete im Eimer. Das Fläschchen, auf dem auf weissem Etikett in schwarzen Buchstaben „Actrapid" stand, nebst Kleingedrucktem, stellte die Hauspflegerin zum Blumentopf auf den Esstisch. Luisa schaute ihr dabei zu. Nun kam der Moment, kam es darauf an, ob ihre Geschichte stimmte. Von ihrer Lockerheit und Ueberzeugungskraft hing alles ab.

„Wissen Sie, Frau Lüthi", begann Luisa, „dass Sie morgen nicht zu erscheinen brauchen? Ich bekomme nämlich einen Gast. Meine Schulkameradin, die Rosi fährt zu ihrer Schwester und macht einen Abstecher zu mir. Sie glauben nicht, wie ich mich auf sie freue. Sie bringt auch zu essen mit und eine Flasche Roten. Ja, ja, schauen Sie nur böse. Für einmal wird es schon nicht schaden. Der Frau Keller von nebenan können Sie auch absagen. Dann kann sie bei ihrer Mutter übernachten. Sie hat oft erzählt, wie gern sie das möchte."

Nun war es heraus! Unter den Kleidern war Luisa nass vor Schweiss. Das Fröhlichtun kostete seinen Preis.

„Ist das wahr, Frau Canetti? Das ist aber nett! Das gönne ich Ihnen. Sie erhalten so selten Besuch. Ein bisschen allerdings überrascht es mich schon. Sie erzählen mir sonst alles. Und das haben Sie nun die ganze Zeit für sich behalten?"

„Ich weiss es ja selber erst seit gestern. Und ich wollte mir diese Freude einfach allein gönnen."

Sie sind mir eine, Frau Canetti. Und wer soll Ihnen morgen die Spritze geben?"

„Die Rosi natürlich. Sie war früher Krankenschwester."

„Ach so ist das."

Tja, so ist das."

Luisa lachte, dass es sie schüttelte, mimte perfektes Glück. Ein Strom von Schmerz durchfuhr dabei ihre Beine und ihren vom Sitzen wundgescheuerten Rücken.

„Na dann, Frau Canetti, wünsche ich Ihnen viel Freude mit ihrem Gast. Ueberanstrengen Sie sich nur nicht. Das würden mir Ihre Kinder nie verzeihen."

Luisa war allein. Für immer. Niemand störte sie mehr. Ruhe kam über sie. Und so etwas wie Freude. Ein bisschen Lampenfieber sogar.

Sie zog unter der Decke ihres Stuhls die Schokolade und die Kekse hervor, die sie dort vor dem Zugriff der Pflegerin versteckt hatte. Langsam und genüsslich ass sie beides auf, spülte mit Kaffee nach. Ihre Henkersmahlzeit. Sie schmunzelte. Eigentlich seltsam, dass sie kein bisschen traurig war, kein bisschen verzweifelt. Wo war die Angst geblieben, die sie seit dem Ausbruch ihrer Krankheit ritt? Egal. Sie wollte dankbar sein für die Ruhe jetzt. Und mit Albertos Verständnis konnte sie rechnen. Sie vermisste ihn. Seinen starken, behaarten Arm um ihre Brust. Seinen Bauch an ihrem Rücken. Die feuchte Wärme seines Atems in ihrem Nacken....

Nun galt es, noch einmal alles genau zu überdenken: eigentlich sollte sie gar nicht mehr am Leben sein seit der Lungenentzündung vom vorigen Sommer. Sie kam nur davon, weil man sie im Spital mit Medikamenten vollpumpte. Niemand fragte sie nach ihrer Meinung. Es wurde einfach über ihren Kopf hinweg entschieden. Sie war zu krank gewesen, um sich dagegen zu wehren. Man hielt sie widernatürlich am Leben. Also tat sie nichts Falsches, wenn sie das nun in Ordnung brachte.

Langsam stand Luisa auf. Zum letzten Mal. Eine eigenartige Vorstellung. Gar nicht richtig fassbar. Handlungen, die sie Tausende von Malen ausgeführt hatte, würde keiner weiterführen. Nicht auf ihre Art. Sie würden mit ihr aufhören. Auslöschen wie eine Kerzenflamme.

Luisa humpelte ins Bad, setzte sich auf den fleckigen Stuhl neben der Wanne und zog sich langsam aus: Schürze, Pullover, Hemd. Sie stemmte sich in die Höhe, nestelte am Reissverschluss, der klemmte, liess den Rock zu Boden fallen. Pantoffel, Socke und Strümpfe folgten. Sie hakte das Korsett auf, ein hellblaues aus glänzendem Stoff, das sie obenherum mit Festonstich vernäht hatte,

als die Metallstäbe anfingen, den Stoff zu durchstossen. Sie schob den Stuhl mit einer ihrer Krücken vor das Waschbecken, liess Wasser einlaufen, fing an sich zu waschen. Was ihr möglich war, wollte sie tun. Sie sollten sie nicht verdreckt und stinkend vorfinden. Sie schrubbte sich mit dem Waschlappen das Gesicht, den Hals, die Arme. Das ging verhältnismässig gut. Auch Brust und Bauch und die Oberschenkel liessen sich bewältigen. Schwierig wurde es beim Gesäss und beim Rücken. Ueber die wunden Stellen waren Gazestückchen geklebt, die nach Möglichkeit nicht nass werden sollten. Ganz liess sich das aber nicht vermeiden. Da sie ihre Arme nicht mehr so weit zurückbiegen konnte, um mit dem Waschlappen ihren Rücken zu reiben, liess sie ihn mit Wasser vollaufen und drückte ihn in ihrem Nacken aus. Mehrere Male hintereinander. Das Wasser badete den Rücken und sammelte sich im Tuch, auf dem sie sass. So bildete sich wenigstens keine Pfütze auf den Fliesen.
Die Füsse liessen sich nur schwer säubern. Sie waren so weit weg. Luisa konnte sie mit den Händen kaum erreichen. Der bohrende Schmerz in den Knien verbot es ihr. Sie würde frische Socken anziehen. Mehr war ihr nicht möglich.
Als Luisa das Badezimmer verliess, sah sie sich im Spiegel der Garderobe. Eine letzte Konfrontation. Die ausgetrockneten Brüste wie Lappen. Der hängende Bauch. Die deformierten, nach aussen gekrümmten Beine mit den verdickten Knien. Die weissliche, kränkliche Haut mit den violetten Schatten. Das war sie. Das war die Summe ihrer siebenundsiebzig Jahre Leben. Es war nicht leicht, sich so noch liebzuhaben. Es war im Gegenteil sehr schwierig. Wo nur steckte das pralle Kind, das sie einst gewesen war, wo das Mädchen mit den prachtvollen

Zöpfen, die junge Mutter? Verstehen liess sich das nicht. Dabei war sie doch immer dieselbe geblieben.

Hätte sie vielleicht doch einen Brief schreiben sollen? Wenn man nun von ihr sagte, sie verdrücke sich wie ein feiger Hund? Nein. Keine grossen Gesten.

In der Schublade des Nachttischs fand sich ein Rest von Parfum. Sie verteilte ihn auf Gesicht, Brust, Bauch und Schenkel. Darauf zog sie das leinene Nachthemd ihrer Mutter an mit Häkelspitzen am Kragen und an den Manschetten. Auch weisse Socken fand sie.

Sie setzte sich ein letztes Mal auf die Toilette, fischte unter Stöhnen die Spritze aus dem Abfalleimer, wischte sie an einem Tuch sauber. Sie könnte sie desinfizieren. Doch es lohnte sich nicht mehr. Vom Tisch im Wohnzimmer nahm sie das Fläschchen mit dem Insulin, klemmte es zwischen die Zähne, schaute sich um. Seit achtundvierzig Jahren wohnte sie hier. Liebte sie die Wohnung? Es war die einzige gewesen, die sie sich leisten konnten.

Das Bett hätte sie gern frisch bezogen. Doch dazu war sie nicht mehr in der Lage. Schade. Das gab ihr einen Stich ins Herz. Sie stieg ins Bett, schwitzte vor Anstrengung, als sie versuchte, das Hemd unter sich glattzuziehen und es über die Knie zu ihren Füssen zu schieben. Sie baute die Kissen im Nacken zu einem Hügel auf und legte sich hin. Dann krempelte sie den linken Aermel hoch, füllte die Spritze, setzte die Nadel an, stiess zu, füllte die Spritze noch einmal. Ohne Gedanken im Kopf.

Sie griff nach einer Photographie von Alberto in einem Rahmen aus gelbem Blech, legte sie sich auf die Brust. Auch den Aermel brachte sie wieder in Ordnung. Da sie sich jedoch für die Photographie auf ihrer Brust ein wenig schämte, schob sie sie weiter nach unten auf ihren Magen und zog die Decke darüber.

Und dann geschah nichts mehr. Luisa wartete einfach.

****

Mir ging Selbständigkeit. Der Wille zu Selbstbestimmung über alles.

****

12. KAPITEL

Es geschah an einem Winterabend. Es schneite. Bläuliche Schatten zogen sich über die Felder. Im Haus war es warm. Ich fühlte Einverständnis, Zugehörigkeit. Wie vielleicht im Mutterleib. Nicht den Wunsch abzuheben. Ich sass am Computer mit Blick auf Garten und Umgebung.

Plötzlich schob sich eine Schafherde ins Bild. Lautlos. Fast gespenstisch. Keine zwanzig Meter von mir entfernt. Etwa dreihundert Schafe gehörten dazu, Lämmer, drei Esel, zwei Hunde und der Schäfer, die Kappe tief ins Gesicht gezogen.

Vor dem Haus machte die Herde halt. Die Schafe scharrten nach Futter. Hoben sie die Köpfe, trugen sie Halskrausen aus Schnee. Selten blökte eines. Auch die Hunde verrichteten ihre Arbeit still. Blitzschnell waren sie zur Stelle, wenn ein Tier ausscherte.

Wörter wie „zauberhaft, märchenhaft" tauchten in meinem Gehirn auf. Die Begriffe „Friede, Freiheit". Ich ertappte mich über einem Haufen von Gemeinplätzen, herangezüchtet seit meiner Kindheit. Bilder von Schäfern, auf ihren Stab gestützt, ein Lamm auf der Schulter. Sonnenuntergang als Hintergrund. „Der gute Hirte". Die Assoziation zu Jesus, dem guten Hirten schlechthin, zu Christus, zu Gott bildete sich..... Im Nu verlor sich der Boden unter den Füssen. Ich sah mich in Vorstellungen schweben. In Sentimentalität.

Ich hing im Fensterrahmen, konnte mich kaum fassen. Wie wunderbar, dass es so etwas noch gab, in unserer gestressten Welt. In der Zeitknappheit das Image aufbesserte, Wichtigkeit unterstrich, zum Adel gereichte.

Obwohl ich mir dabei zuschaute, verfing ich mich im Netz, in Gedanken, mit denen ich gross geworden war. Der Anblick von Schäfern rührte an geheime Sehnsüchte im Menschen. Jedermann empfand so, lehrte man mich. Ein archetypischer Vorgang. Seit Urzeiten in der Psyche verwurzelt.

Langsam entschwand die Herde dem Blick. Hinaus in die hereinbrechende Nacht. Sie wurde eiskalt. Die Sterne funkelten. Der Schnee gefror Stein und Bein. Ich schloss das Fenster. Wo mochte der Schäfer nächtigen? Wo fanden er und die Tiere Schutz vor der Kälte? Dem Hunger? Der Dunkelheit? Konnten die Tiere genügend Nahrung aus dem Schnee kratzen? Ich schlief schlecht.

Am nächsten Tag besuchte ich ein frischeröffnetes Bau- und Hobby-Zentrum. Mich stach die Neugier. Kaum drinnen, erschlug mich das Angebot beinahe. „Das alles braucht der Schäfer nicht", dachte ich unwillkürlich. Bei jeder Ungeheuerlichkeit erneut. Dabei schielte ich mit einem Auge laufend auf Dinge, die ich vielleicht selber gebrauchen könnte. Ein Teil von mir spielte die Entsetzte. Welch ein Wust! All dieser Kitsch! Dieser nutzlose Ramsch! Ein anderer Teil gierte nach Wust, Kitsch, Ramsch. Ich log mir Entsetzen vor, ohne gegen Gier gefeit zu sein. Bestimmt ein halbes Dutzend mal hörte ich mich sagen: „Das alles braucht der Schäfer nicht." Bis es mich anwiderte und ich es mir verbot.

Am Nachmittag machte ich mich auf die Suche nach dem Schäfer. Mich verlangte nach Klarheit. Mich verlangte sehr danach. Gezwungenermassen.

Ich fand ihn und seine Herde. Sie graste an einem Bach. Oder besser: sie versuchte zu grasen.

Ein zweiter Hirte tauchte auf, ein Handy in der Brusttasche. Ich näherte mich den beiden, grüsste. Die Hirten wirkten abweisend. Gehässig. Der Schnee liege zu hoch, schimpften sie. Sie müssten Laster bestellen und die Schafe in eine andere Gegend verfrachten. Das Futter werde knapp. Ich fragte, ob sie kein Heu kaufen könnten. Die Scheunen steckten voll davon. Doch die Hirten fürchteten um ihren Lohn. Auf den Feldern weideten sie umsonst.

Sie führten einen Jeep und einen kleinen Bus mit sich. Der Jeep war voll gepackt mit Zaunmaterial. Der Bus mit zerwühltem Bettzeug. Nicht jede Nacht schliefen sie draussen, vernahm ich. Manchmal übernachteten sie auf Bauernhöfen.

Als ich im Weitergehen in den Bus äugte, entdeckte ich neben dem Fahrersitz eine Schachtel mit Medikamenten gegen Schwindelanfälle. Wo blieb mein Bild des Schäfers? Es wankte bedenklich. Mir fiel ein Stein vom Herzen. Offensichtlich brauchte ich das Bild nicht mehr. Auch die Vorstellung von der Bedürfnislosigkeit moderner Schäfer konnte ich fallen lassen. Es stimmte ebensowenig. Die Segnungen der Technik liessen sie nicht unberührt. Sie waren Menschen unserer Zeit. Zumindest in unseren Breitengraden. Zivilisationsgeschädigt wie ein jeder von uns.

Eine heilsame Entdeckung: wir sassen im selben Boot. Das bedauerte ich nicht. Es kam mir wie gerufen. Auch bei Schäfern stand die Zeit nicht still. Ein bisschen Schadenfreude empfand ich. Die schöne heile Welt: etwas in mir kroch ihr immer noch auf den Leim.

Und dennoch nicht. Das Bedürfnis nach unmittelbarer Wahrnehmung, direkter Information überwog. Weniger und weniger genügten mir blosse Annahmen. Das Gegenüber begann mich zu interessieren. War mir nicht länger gleichgültig. Ich wollte es sehen, hören, spüren.

Mein Mass entsprach offensichtlich nicht allgemeinem Mass. Ich war nicht das Mass der Dinge schlechthin. Zu jeder Existenz gehörte ein anderes Mass. Welches, erfuhr ich nur, indem ich mich informierte. Mich zurücknahm. Mich und meine Persönlichkeit ausschloss. Zuhören ging nicht mit vorgefasster Meinung. Ich musste aus meinen Schuhen in andere umsteigen. „Den Raum umkehren", wie mein Lehrer das nannte. Aus der Sicht eines Gegenüber wirkte Leben anders. Meiner Sicht nicht vergleichbar. Meiner Sicht in keiner Weise vergleichbar. Auch wenn ich das nicht mochte. Mein Absolutheitsanspruch den Kopf in den Sand steckte. Die Vorstellung zurückwies, seine Weltsicht sei nur bedingt real.

Nicht zu wissen, behagte mir überhaupt nicht. Stellte einen Makel dar, den ich nicht auf mir sitzen lassen wollte. Manchmal immer noch nicht will. Unwissenheit empört mich.

Doch mich dieser Unwissenheit zu öffnen, ist gefährlich. Der Abgrund, den sie aufreisst tief. Die Angst davor latent vorhanden. Ich habe es schon gewagt, in ihre Arme zu springen. Mir blieb nichts anderes übrig. Ich weiss, wie es sich für mich anfühlt. Angefühlt hat. Denn kein Sprung gleicht dem Vorhergehenden. Auch das ist mir bekannt. Und die Angst gilt auch weniger dem Sprung an sich als vielmehr dem Nachher. Wie lebe ich weiter „danach"? Wenn nichts mehr ist wie „zuvor"? Das vermeintlich Solide sich in Brei verwandelt? Das vermeintlich Gültige in Rauch aufgeht? Ich jeden Morgen bei Null beginne? Da immer weniger vorausgesetzt werden kann?

Nicht der Tod ist das Problem. Vielmehr das Leben.

Einmal erhielten wir in unseren Gruppen einen Brief unseres Lehrers. Er steckte voll mit Fragen. Fragen nach der Natur von Gebet. Nach dessen Wirkung auf den

Betenden. Auf seine Umgebung. Auf die Zeit. Fragen nach dem Sinn von Gebet....

Als ich den Brief las, stellte sich unwillkürlich der Gedanke ein: „Aha, auch ein Lehrer wälzt noch solche Fragen. Wie tröstlich".

Wieder schnappte die Falle zu. Die Maus fing sich einmal ums andere selbst!

Als ich das begriff, konnte ich mich den Fragen zuwenden. Wirklich auf sie hören. Es wurde unwichtig, ob mein Lehrer selber sie sich stellte. Ob er uns damit prüfte. Oder weshalb sonst er sie aufwarf. Die Fragen an sich zählten. Nicht seine Haltung, seine Beziehung dazu. Er stellte sie nicht, um uns seine Ansichten darüber zu vermitteln. Er stellte sie ohne Hintergedanken. Die Zeit bedingte sie offenbar. Die Umstände verlangten danach. Der Zustand der Studierenden machte sie notwendig.

Der Lehrer lehrt nicht aus psychologischer Ueberlegung. Er macht nicht seine Probleme zu den meinen. Er jubelt mir nicht unter, was für ihn ansteht.

Des Lehrers Person ist kein Thema, wenn es ums Lehren geht. Obwohl er seine Person als Beispiel benutzt. Als Objekt von Geschichten, die er erzählt. Jedoch als Objekt, mit dem er nicht persönlich verhaftet ist. Probleme kennt er keine. Probleme sind für ihn „unerledigte Situationen". Situationen, an denen es zu arbeiten gilt.

Nicht die Persönlichkeit stand für meinen Lehrer im Vordergrund. Sie bedeutete nur das Muster, an dem sein Leben hing.

Ein Haus braucht ein Fundament. Wände, Balken, die es stützen. Es aufrecht halten, damit es bewohnt werden kann. Die Persönlichkeit ist dieses Fundament. Ist die Wände, die Balken. Sie ermöglicht das Bewohnen. Die Persönlichkeit beherbergt den Bewohner. Sie ist nicht der Bewohner. Die Persönlichkeit umkleidet den Bewohner nur. Schützt ihn. Versteckt ihn. Verleugnet oftmals seine Existenz, so dass Leben zur Fassade verkommt.

Persönlichkeitsmuster können gebürstet, gebügelt werden. In Bahnen gelenkt, die sie weniger selbstsüchtig machen. Weniger zerstörerisch. Eliminierbar sind sie nicht. Ich brauche einen Rahmen, um ins Leben einzusteigen, eine Tür, einen Standpunkt. Ein Gespenst ist keiner Arbeit fähig.

Ohne Standpunkt kein Ausblick. Kein Ueberblick. Kein Ausgangspunkt. Irgendwo muss meine Wanderung beginnen. Die Natur dieses Ausgangspunkts zu erforschen, ist Teil innerer Arbeit. Um zu wissen, wo ich stehe. Sonst ist Orientierung unmöglich. Und ich bleibe Hypothesen verhaftet. Dem Wäre, Hätte, Könnte.

Anstatt mich direkt einzubringen, tappe ich im Dunkeln, ohne einen Ausgangspunkt. Ich projiziere. Scheue Konfrontation. Erschaffe mir einen Gott ausserhalb meiner selbst. Einen Uebervater, der schon alles zu meinem Besten richten wird. Ich delegiere die Verantwortung an ihn. Eventuelle Strafe nehme ich in Kauf, falls ich seinen Geboten untreu werde. Der Mensch ist ein Sünder. Mir wurde das von Kindheit an eingetrichtert. Das schlechte Gewissen sollte mich gefügig machen. Auch meinen Eltern wurde diese Haltung beigebracht. Und vielen Generationen vor ihnen. Jeder Mensch beginnt sein Leben im Bewusstsein von Schuld. Fast jeder Mensch. Die Sündhaftigkeit des Menschen scheint das Grundthema von Religion zu sein. Von Erziehung schlechthin. Liessen sich Menschen erziehen, die sich nicht sündig wähnten? Ohne Polizei kein Staat? Ohne Schuld keine Evolution?

Am schwierigsten zu bewerkstelligen sei Vergebung, lehrte mein Lehrer.

Bevor ich zu meinem ersten Seminar fuhr, schrieb ich instinktiv Briefe, in denen ich um Vergebung bat. Und ich verfasste mein Testament. Es schien unabdingbar, Ordnung zu hinterlassen. Vielleicht überlebte ich die Begegnung mit dem Lehrer nicht. Der Schock konnte mich töten. Ich hegte diese Meinung von Lehrern. In meinem Leben spielte Gewalt eine Hauptrolle. Zwang gehörte zu meinem täglichen Brot. Also sah ich auch Lehrer unter diesem Aspekt.

Zu vergeben schützte möglicherweise vor Strafe. Vor dem Fegefeuer, der Hölle. Ich wollte auf Nummer sicher gehen. Hölle verstand ich lange Zeit als etwas ausserhalb meiner selbst. Erst allmählich ging mir auf, dass ich bereits mittendrin steckte. Dass Leben Hölle war. Unbewusstes Leben. Sich treibenlassendes Leben. Das Recht des Stärkeren.

Und ich brauchte noch viel länger um zu verstehen, dass Vergebung ausschliesslich mit mir selber zu tun hat. Nur mich etwas angeht. Niemanden sonst miteinschliesst.

Noch einmal wurde ich auf mich selbst zurückgeworfen. In einen Kerker aus Groll. In die Wut auf meine Eltern. Die Vergewaltigung, die ich erduldete. In meine Rachsucht. Sie droschen auf mich ein wie verrückt. Es gab keine Möglichkeit mich ihrer zu entledigen.

Mit dem Feuer, das sie in mir entfachten, liessen sich keine fremden Häuser anzünden. Mir selber galt es. Mich selber versuchte es zu verzehren. Meinem Groll, meiner Wut, meiner Rachsucht auf die Pelle zu rücken. Mit meinen Eltern hatte das nichts zu tun. Mit niemandem hatte es zu tun. Mit niemandem ausser mit mir selbst.

Eine Erkenntnis, gegen die ich mich mit Entrüstung wehrte. Entrüstung, die das Feuer noch schürte. Das Feuer, in dem Groll, Wut, Rachsucht schliesslich verbrannten.

Ohne das Feuer bestünden sie weiter. Ohne das Feuer gäbe es keine Vergebung. Ich als Person vermag nicht zu vergeben. Ich als Person bin machtlos. Im mich in Liebe Ausliefern an die Muster der Person liegt die Chance. Unternehmen kann ich nichts. Nur mich hingeben. Mich überlassen. Dem Groll, der Wut, der Rachsucht. Ihnen auf die Schliche kommen. Und mich dann dem dadurch entfachten Feuer überantworten. Diesem Feuer der Läuterung.

Vergebung ist ein Prozess der Läuterung. Indem ich meinem Groll, der Wut, der Rachsucht erlaube verbrannt zu werden, findet Vergebung statt. Ich muss mir selber vergeben, dass ich grolle, mich wütend, rachsüchtig gebärde. Nur mir. Niemandem ausserhalb von mir.

Meine Verantwortlichkeit beträgt auch hier hundert Prozent. Rabatt wird keiner gewährt. Und man bezahlt in bar.

„Du sollst keine Götter neben MIR haben."

****

13. KAPITEL

Mein Lehrer gehörte zu den Lehrern, die ganz auf die Unterstützung ihrer Studenten angewiesen waren. Zumindest liess er sie in diesem Glauben, schürte ihn laufend. Ein Umstand, der fast jedem von ihnen zu schaffen machte. Irgendwann. Spätestens dann, wenn in der eigenen Kasse Ebbe herrschte und der Einzahlungsschein für den Lehrer, die Schule, das Zentrum noch nicht ausgefüllt war.

Mein Lehrer zog kaum reiche Leute an. Die meisten gehörten zum gutbürgerlichen Mittelstand. Waren Sozialarbeiter, Krankenpfleger, Lehrer, Angestellte. Einige hatten auch gar keine Arbeit. Manche verloren ihre Stelle während der Arbeit mit dem Lehrer. Gaben sie auf, da sie keinen Sinn mehr zu machen schien. Da sie sich ihr entwachsen fühlten....

Der Rechtfertigungen gab es viele. Innere Arbeit kann glamourös wirken. Perspektiven verschieben. Die Gefahr, sich besonders zu fühlen ist vorhanden. Sich anderen überlegen zu fühlen. Dem Rest der Welt, der nie begreifen wird. Diesem Abschaum, der schuld ist an sämtlichen Missständen, der ökologischen Katastrophe, der wirtschaftlichen Misere....

Irgendwann erwischt es jeden. Auch mich erwischte es. Keiner ist gefeit gegen diese Art der Empfindung. Und gerade innere - oder spirituelle Arbeit, wie sie mein Lehrer nannte - verführt dazu. Vor allem am Anfang des Studiums mit einem Lehrer, wenn der Student Feuer und Flamme ist. Endlich den Stein der Weisen gefunden zu haben glaubt. Oder wenigstens den Weg dazu.

Das steigt in den Kopf. Erschafft Konzepte, Dogmen, Missionare, die glauben, nun wüssten sie endlich. Und denen Herz und Mund darob übergehen.

In gewissen Schulen ist es dem Schüler nicht erlaubt, den Namen seines Lehrers preiszugeben. Nicht einmal über seine Zugehörigkeit zur Schule darf er sprechen. Höchste Geheimhaltung ist Gebot. Verstösse haben Rauswurf zur Folge.

So streng zeigte sich mein Lehrer nicht. Oder doch nur fortgeschritteneren Schülern gegenüber. Obwohl: was heisst hier„fortgeschritten"! Fortschritt ist einzig möglich unter dem Gesichtspunkt von Ursache und Wirkung. Fusst auf der Idee von Dualität. Der Annahme, dass es Minderwertigeres und Besseres gebe. Vergangenheit und Zukunft. Ein Hin- und Herpendeln zwischen Fronten.

Der gegenwärtige Augenblick dagegen lässt die Bildung von Fronten nicht zu. Im gegenwärtigen Augenblick ist das, was ist. Nicht das, was war. Oder was sein könnte. Für Vergleiche ist kein Platz. Auch für Auslese nicht. Im gegenwärtigen Augenblick kann ich nur ganz sein, oder gar nicht. Ein Zwischending ist unmöglich. Der gegenwärtige Augenblick ist Zustand, Stillestehen. Was nicht heisst, dass ich im gegenwärtigen Augenblick nicht handelnd oder gehend sein könnte. Im gegenwärtigen Augenblick herrscht reines Erinnern. Kein Zurück- oder Vorgreifen, sondern Gleichzeitigkeit. „Stehe im Diesseits und verbeuge dich ins Jenseits." Diesseits und Jenseits nicht verstanden als Gegensätze. Diesseits und Jenseits verstanden als das Wissen um das Woher und das Wohin. Einen Fuss im Woher, einen im Wohin. Nicht im Stehen auf der Schwelle, jedoch im Ueberschreiten der Schwelle. Als ein im Diesseits Verwurzelter, das Jenseits im Blick. „Sei in dieser Welt, aber nicht von ihr." „Wisse in jedem Augenblick um deine wahre Natur", laut meinem Lehrer.

Diesseits oder Jenseits bedeuten nicht nur Leben oder Tod. Sie meinen das Diesseits des Wissens um den Ursprung allen Seins - sowie das Jenseits des Wissens um den Ursprung allen Seins. Den Schritt von Unwissenheit zu Wissen. Aus der Dunkelheit ins Licht. Jedoch ohne die Dunkelheit zu verleugnen und alles nur durch die rosa Brille zu sehen.

Im gegenwärtigen Augenblick reagiere ich nicht emotionell. Kümmert mich nicht, ob mir Recht, oder Unrecht geschieht. Bin ich nicht auf Vorteil bedacht.

Im gegenwärtigen Augenblick bin ich Spürhund. Die Nase auf der Fährte. Darauf aus, der Spur zu folgen. Direkt. Ohne Umweg. Dem Pfad derer zu folgen, die uns vorausgegangen sind, in der Liebe, im Wissen, diesem Pfad der Heiligen, der Propheten zu folgen. Unabhängig von Religionszugehörigkeit, von Sprache und Hautfarbe. Dem Pfad vom Mann- oder Frausein zum Menschsein. Dem Menschsein, in dem Mann und Frau gleichermassen enthalten sind. Ohne dass deswegen das individuelle Mann- oder Frausein verleugnet wird.

Als Individuum ist jeder einzigartig. Nicht klonbar.

Jemand fragte: „Wie erkenne ich eine echte Schule?" Mein Lehrer antwortete: „Indem du die Studenten beobachtest. Sehen sie alle gleich aus, sei auf der Hut. Wird dagegen mit jedem Tag ihre Individualität sichtbarer, schliesse dich ihnen an."

Individualität jedoch nicht verstanden als Exzentrik. Egoisten sind exzentrisch. Individuen aber sind jene, die sich ihrer Einmaligkeit bewusst sind. Sowie der Verpflichtung, die damit einhergeht. Der Tatsache, dass sie Ebenbild Gottes sind, wie mein Lehrer es nannte.

Mein Lehrer war Individuum pur. Von Egoismus keine Spur. Er war so wenig Egoist, dass er laufend in Gefahr geriet. Sei es, dass irgendwer sich wegen irgendetwas an ihm zu rächen versuchte. Ihm nach dem Leben trachtete. Oder dass er sich gesundheitlich verausgabte. War Not am Mann, schenkte er sein letztes Geld her. War Not am Mann, schenkte er seinen letzten Tropfen Energie her. Schonung für sich kannte er nicht. Sich als Person berücksichtigte er nicht. Dass er nicht mehr geben, nicht über mehr Kraft und Gesundheit verfügen konnte, war seine einzige Sorge. Er säte ohne auf Ernte zu spekulieren. Rechnungen stellte er keine aus. Lebte dem entsprechend, was er erhielt. Feilschte nicht. Oft pendelte er am Rande des Ruins entlang. Er ging das Risiko ein. Es gehörte zu seiner Funktion als Lehrer.

Ein Lehrer ohne Schüler ist nicht denkbar. Ebensowenig sind Schüler ohne Lehrer denkbar. Das eine bedingt das andere. Schüler zu sein ist genau so eine Funktion wie Lehrer zu sein. Lehrer nicht gesehen als Unterdrücker. Schüler nicht gesehen als Unterdrückte.

Auch innere Arbeit braucht Hierarchie. So wie alles auf der Welt: wie Natur, Wirtschaft, Staat. Leben funktioniert nicht ohne Hierarchie:

die Erde bringt Saat zum Keimen. Durch Regen und Sonne wächst sie. Der Bauer erntet die Frucht. Der Müller mahlt das Korn. Bäcker backen Brot. Leute kaufen und verzehren es..... Lauter hierarchische Vorgänge. Einer fussend auf dem anderen. Einer abhängig vom anderen. Ohne Qualitätsunterschied. Keiner besser als der andere. Jeder in sich vollkommen. Energie fliesst, fügt sie aneinander, bindet sie untereinander zum Ganzen. Wie in der Arbeit mit einem Lehrer.....

Geld ist Energie. Eine der untersten Stufen von Energie. Ist Austausch. Ohne Austausch fliesst Energie nicht. Gibt es keine Lebendigkeit.

Viele Menschen leben wie Inseln, für sich allein. Isoliert. Blockiert. In der Arbeit mit einem Lehrer ein Ding der Unmöglichkeit. Nicht die Worte zählen, die der Lehrer an den Schüler richtet. Nicht das, was er mit ihm anstellt. Das ist sekundär. Primär ist der Fluss der Energie zwischen Lehrer und Schüler. Die Uebertragung davon. Das sich dieser Energie Aussetzen.

Es ist ungefähr so, als lasse sich der Schüler von den Strahlen der Sonne durchdringen, aufsaugen und auslöschen. Um im Moment der Auslöschung selber zur Sonne zu werden.

Damit ein Lehrer lehren, ein Schüler lernen, eine Schule funktionieren und untergebracht werden kann, muss Energie auch in Form von Geld fliessen. Da mein Lehrer vierundzwanzig Stunden am Tag für seine Schüler im Einsatz stand, konnte er keine Stelle annehmen. Sich seinen Lebensunterhalt nicht anderweitig verdienen. Eine Tatsache, die viel zu reden gab. An der sich Schüler reihum wundschlugen. Es erschien ihnen schwierig, innere Arbeit als echte Arbeit zu akzeptieren. Sie stimmte mit der üblichen Vorstellung von Arbeit nicht überein. Es wurde nichts produziert. Nichts verkauft. Man verfügte hinterher über nicht mehr als zuvor. Ueber nichts Greifbares zumindest. Das Konzept Hier-Ware-da-Geld verfing nicht. Es mochte scheinen, als halte man den Lehrer aus.

Geld spielte im Zusammenhang mit meinem Lehrer eine zentrale Rolle. So wie es in seinem privaten Leben eine zentrale Rolle spielte..... So wie es in meinem Leben eine Rolle spielte.

Habe ich selber ein Problem mit Geld - oder mit irgendetwas sonst - suche ich mir den dazupassenden Lehrer aus. Unbewusst. Und ich hatte ein Problem mit Geld. Auch wenn ich mir das nicht eingestehen mochte.

Es unfein fand. Meiner nicht würdig. Ich hielt viel von meiner Grosszügigkeit, meinerUneigennützigkeit.

Jedes halbe Jahr verschickte die Schule ein Formular. Die Schule, nicht der Lehrer. Es lud dazu ein, sich zu verpflichten, monatlich einen selbstgewählten Betrag zu überweisen: zur Unterstützung der Schule, zur Unterstützung des Lehrers, zur Unterstützung des Zentrums.

Die Schule besass nicht immer Zentren, doch immer wieder. Und das in verschiedenen Preiskategorien. Günstigere oder teurere. Kaum erschwingliche. Solche, die die Mittel der Schüler bei weitem überstiegen.

Die Erfahrung zeigte jedoch, dass nicht Geld das Problem darstellte sondern mangelnde Verpflichtung. Projekte scheiterten nicht am Geld sondern am Vertrauen der Studenten. Eine zäh zu erlernende Lektion, die von den Schülern mit den Jahren leichter gemeistert wurde. Verpflichtungen konnten wider besseres Wissen eingegangen werden. Sozusagen. Ohne Ahnung, wie das Geld dafür aufzutreiben sei. Und es funktionierte. Die Verpflichtung materialisierte das Geld. Mein Lehrer war Meister darin. „Verpflichtet euch. Und das Geld wird auftauchen", sagte mein Lehrer. Und behielt recht damit.

Mich mit Geldfragen herumzuschlagen, war mir zuwider. Physisch zuwider. Traf der Zettel für die Verpflichtung ein, sträubten sich mir die Haare. Aggressionen feierten Urstände. Ich stellte Geiz fest. Fühlte mich, als werde ich beraubt ohne etwas dagegen tun zu können. Warum arbeitete mein Lehrer nicht? Warum mussten die Schüler für ihn aufkommen? Warum führte er dieses Herrenleben, für das sie schufteten?

Mein Gerechtigkeitssinn- oder was ich dafür hielt - empörte sich. Ich schickte die Verpflichtung selten termingemäss zurück. Oder doch nur am Anfang, als ich noch an Veränderung glaubte. Daran, mein Leben werde sich durch innere Arbeit verbessern. Reicher, schöner und erfüllter werden. Illusionen, die mir rasch abhanden kamen. Es wurde offensichtlich, dass Leben nur schwieriger wurde. Je mehr ich wahrnahm. Je durchlässiger ich für Wahrnehmung wurde. Ganz sicher nicht einfacher, da ich weniger und weniger Verantwortung delegieren konnte.

Immer war nur ich gefragt. Immer ging es nur um mich. Hinter gar nichts konnte ich mich verstecken. Auch wenn es eine Zeitlang so schien. Früher oder später zerriss das Gespinst und ich stand mir nackt gegenüber.

Meinen Geiz betreffend mochte ich das überhaupt nicht. Ich hängte ihm viele Mäntelchen um. Nichts verfing. Mein Geiz behielt die Oberhand.

War ich wirklich so wenig grosszügig? Doch was hiess schon „grosszügig"? Klang das nicht geradezu gönnerhaft? So, als verteile ich Almosen? Mein Lehrer ein Almosenempfänger? Er, der nie Hilfe abschlug? Dem keine Anstrengung zu gross war, wenn ich etwas brauchte? Kein Zeit-, kein Energieaufwand?

Ich fühlte mich mies. Und verachtenswert. Mich zu meinem Geiz zu bekennen, bedeutete eine harte Prüfung. Geld wegzugeben schmerzte. Geld wegzugeben ohne reellen Gegenwert. Zu ideellen Zwecken. Wie ein Teil von mir dachte.

Im geheimen hielt ich meinen Lehrer für faul. Wieso hatte er es gerade auf mein Geld abgesehen? Konnte er nicht arbeiten, oder andere anpumpen, die reicher waren als ich? Weniger aufs Geld angewiesen?

War ich etwa darauf angewiesen? Gar davon abhängig? Ein Gedanke, den ich weit von mir wies. Der mir viel zu viel Angst einjagte. In Schichten vorstiess, auf die ich mich nur schwer einlassen wollte. Schichten, die mein

Selbstverständnis auszulöschen drohten. Meine Finger klammerten sich wie verrückt an die paar Scheine, die wegzugeben ich mich verpflichtete. Mein Herz litt.
Von allen Seiten drohte Auslöschung. Immer wieder. Es schien kein Weg daran vorbeizuführen.

Tatsächlich hinter die finanziellen Verhältnisse meines Lehrers zu kommen, erwies sich als Katz- und Mausspiel. War er so arm wie er beteuerte? Echt bedürftig? Oder sass er nicht vielleicht doch auf einem behäbigen Polster?
Wann immer Geld benötigt wurde, tauchte es wie von Geisterhand herbeigezaubert auf. Mein Lehrer ging nie ärmlich gekleidet einher. Dass es ihm an Geld fehle, glaubte niemand. Obwohl er es laufend beteuerte. Er reiste ständig in der Welt herum. Mehrmals im Jahr. Keine drei Monate hielt er es am selben Ort aus, schon bestieg er das nächste Flugzeug. Er tafelte in den besten Restaurants. Förderte bündelweise Scheine und Münzen aus seinen Hosentaschen. Bezahlte ohne hinzuschauen. Nahm entgegen ohne hinzuschauen. Als habe Geld für ihn nicht den geringsten Wert.
Um das herauszufinden, machte ich die Probe aufs Exempel: ich fuhr ihn in die Stadt. Er wollte Verleger treffen. Wir parkten an einem verbotenen Ort. Er verlangte es so. Ich wartete auf ihn. Mein Lehrer verlief sich. Ich suchte ihn. Und als ich ihn endlich fand, steckte ein Bussenzettel hinter meiner Windschutzscheibe.
Mein Lehrer drückte mir ein Bündel Scheine in die Hand, äusserte den Wunsch, ich möge für ihn einkaufen. Bevor ich ihm das restliche Geld zurückgab, zweigte ich den Betrag für die Busse ab. Nicht offensichtlich.
Ich behielt meinen Lehrer dabei im Auge. Ohne nachzuzählen fragte er mich, wofür ich das abgezweigte Geld verwenden wolle....

Gibt es eine Situation, in der der Schüler nicht auf dem Prüfstand steht!?

****

14. KAPITEL

Lehrer geben ihren Studenten Uebungen auf. Das verhält sich in jeder Schule so. Angefangen von der Grundschule, in der ein Kind lesen und schreiben lernt.

Eine Schule für innere Arbeit ist nichts aus dem Alltag Herausgehobenes. Im Gegenteil. Auch in ihr lernt der Schüler lesen und schreiben. Nämlich das Lesen des Scripts, der Muster, die sein Dasein in Gang halten. Sowie das Schreiben seines Lebensbuchs. Das Schreiben auf bewusste Art, so dass er nicht mehr einfach davon bestimmt wird, sondern auf kreative Weise selbständig zu leben beginnt.

Mein Lehrer gab seinen Studenten zu diesem Zweck verschiedene Uebungen auf. Sie sollten täglich damit arbeiten. Ob sie sich daran hielten, kontrollierte niemand. Mein Lehrer verstand sich nicht als Aufpasser. Er setzte auf die Sehnsucht der Studenten, ihren Wunsch nach Verstehen, ihren Ueberdruss, in ausgeleierten Geleisen zu fahren. In sinnlos gewordener Wiederholung ewig gleicher Abläufe. Der Student war frei in der Anwendung der Uebungen, obwohl der Lehrer Regeln vorgab. Den Studenten im Auge behielt. Jedoch nur auf Verlangen eingriff.

Jede Initiative musste vom Studenten ausgehen. Der Lehrer verstand sich immer nur als Wegweiser, der mit weit ausgebreiteten Armen am Kreuzweg steht. Ob es stürmt, schneit, oder ob die Sonne lacht. Zum Kreuzweg muss der Student selber finden. Jeden Schritt aus eigener Kraft tun. Er kann nicht in den Fussstapfen des Lehrers wandern, obwohl das häufig angenommen wird. Der

Schüler muss auf dem vorgegebenen Weg seine eigene Spur ziehen.

Die Schuhe des Lehrers passen nur an die Füsse des Lehrers. Ebenso wie diejenigen des Studenten nur an seine passen. Keine zwei Wesen können gleichzeitig auf dem selben Fleck verharren. Das ist ein physikalisches Gesetz. Ebensowenig können sie gleichzeitig dieselben Fussstapfen benützen.

„Es gibt nur EINEN Weg. Doch gibt es so viele Wege, wie es Menschen gibt."

Als Individuum ist mir niemand gleich. Als menschliches Wesen bin ich eines unter Milliarden. Individuen unterscheiden sich. Menschliche Wesen nicht. Sie leiden unter denselben Aengsten. Hegen dieselben Hoffnungen, dieselben Wünsche. Streben nach Glück. Versuchen Leiden zu entfliehen. Dennoch sieht für jeden Glück anders aus. Oder Leiden.

Das Bewusstsein für die Warte, von der aus er sein Leben anschaut, macht den Menschen zum Individuum. Wesen ist Wesen. Doch das Wissen um den eigenen Standpunkt macht einen entscheidenden Unterschied. Das Wissen um den eigenen Blickwinkel. Um die individuelle Ebene des Seins.

Als Individuum bin ich das Ganze. Und als Individuum bin ich Splitter des Ganzen. So wie die Sonne gleichzeitig Körper ist. Und ebenso jede ihrer Strahlen. Jeder Strahl birgt die Summe aller Strahlen, die gesamte Sonne in sich. Eine Sichtweise, die Leben schlagartig verändern kann. Sofern sie nicht bloss Konzept bleibt, sondern tieferlebte Realität wird.

Das Denken verändert nichts, transformiert nichts. Zur Transformation braucht es das ganze Individuum. Ein Fisch wird nicht essbar, wenn ich ihn nur mit dem Kopf in den Ofen schiebe. Er muss durch und durch garsein.

„Werdet zu guter Nahrung für Gott", mahnte deshalb mein Lehrer.

Und er betonte auch: „Esst den Lehrer nicht auf. Lasst euch von ihm aufessen." Seid keine Vampire. Seid Lämmer. Osterlämmer zum Fest der Auferstehung.

Die grösste Bedrohung ist jeder Mensch für sich selbst. Und auch die einzige Bedrohung. Nur der Mensch besitzt Urteilskraft. Nur der Mensch giert, grollt.

Tiere töten nicht aus Freude am Quälen. Das ist eine Erfindung des Menschen. Tiere töten nicht aus Gier nach Macht. Auch das ist eine Erfindung des Menschen. Der einmal etablierten Hackordnung widersetzen sich Tiere nicht. Noch weniger Pflanzen. Oder gar Elemente. Krieg führt einzig der Mensch, solange er rein auf seine Urteilskraft setzt. Nur der Kopf ihn lenkt und das Herz schweigt.

Der Kopf weiss nichts von Verantwortung. Im Kopf bleibt Verantwortung Theorie. Wahrnehmen kann ich nur mit dem Herzen. Die Brücke zum Herzen jedoch ist das Gewissen. Nicht das schlechte Gewissen. Denn schlechtes Gewissen beruht auf Projektion. Auf dem Bewusstsein von Schuld. Schlechtes Gewissen entstammt der Unkenntnis seiner Selbst. Sondern das Gewissen als neutrale Instanz. Als diejenige Instanz, die auch „der Beobachter" genannt wird.

Gewissen als Beobachter, als Wahrnehmung, als Brücke zum Herzen liefert das läuternde Feuer der Transformation. Solches Gewissen weist keine Schuld zu. Es verbrennt die Schlacken von Schuld. Ist Reue, die nicht bedingt ist durch Angst vor Strafe. Ist Reue aus dem Bewusstsein heraus, dass ich geliebt bin. Es immer war. Es immer sein werde. Gewissen ist Reue, die heilt, die Illusion des Getrenntseins wegschmilzt. Ist Medizin, die zu Freiheit führt. Nicht zu noch mehr Unterdrückung. Echtes

Gewissen entfacht den Brand der Liebe im Herzen. Schlechtes Gewissen schürt Hass und Gewalt.

Uebungen, die der Lehrer aufgibt, helfen dem Schüler beim Erkennen solcher Unterscheidung. Helfen langsam. Behutsam. Schleifen kaum merklich Ecken und Kanten ab. Vorausgesetzt, der Schüler ist nicht auf raschen Erfolg aus. Erfolgsdenken verhindert Transformation. Verhindert das in Gang Kommen des alchimistischen Prozesses.

Solange ich um jeden Preis etwas erhalten will, blockiere ich den Lebensfluss. Staue ich Atem, Licht. Die Flöte kann nicht tönen, wenn sie verstopft ist.

Die Uebungen, die der Lehrer dem Schüler gibt, helfen beim Entstopfen. Die Eintönigkeit des Uebens hilft beim Entstopfen. Die Eintönigkeit, der nichts Spektakuläres eignet. Ausser, ich stilisiere die Uebungen zum Drama hoch, brüste mich damit. Und begebe mich dadurch auf die Ebene schlechten Gewissens.

Richtiges Ueben findet in Stille statt. Fern der Ebene von Belohnung. Richtiges Ueben zielt nicht auf etwas ab. Da es nur den Weg, nicht aber das Ziel kennt. Richtiges Ueben nährt sich aus nichts, ausser aus sich selbst. Richtiges Ueben klammert nicht. Im richtigen Ueben ist der Lehrer nicht Retter, Heiland, Objekt von Anbetung, auf das ich mich beziehe, mangels Eigenständigkeit. Im richtigen Ueben ist der Lehrer Partner, Diener, Führer zum Gipfel. Nicht Packesel, der mich schleppt - auf Gedeih und Verderb mir zugehörig.

„Klang fixiert Muster." Ein Violinton erzeugt eine bestimmte Schwingung, die sichtbar gemacht werden kann. Man spricht von Wohlklang, von Misston. Dissonanzen bauen Spannungen auf. Durch Konsonanz entsteht Fliessen.

Uebungen führen oft über das Erzeugen von Dissonanz zu Konsonanz. Die Gleichförmigkeit des Uebens kann

Langeweile hervorrufen, Sinnkrisen, bittere Enttäuschung. Sie kann zu einem schier endlosen Tunnel aus Frustration werden. An dessen Ende erst durch das Dranbleiben langsam Licht in Sicht kommt.

Es gibt physisch aktive Uebungen, wie etwa Yoga. Es gibt Gebetsübungen. Lautübungen, wie das Intonieren von Mantren. Es gibt Uebungen des Schweigens, wie den Zazen....: Ihrer Vielfalt sind keine Grenzen gesetzt. Jeder Lehrer benützt andere Uebungen. Benützt diejenigen, die er an sich selber getestet, durch eigene Arbeit als nützlich erkannt hat.

Jede Bewegung, die ich mache erzeugt Schwingung, Klang, Muster. Ebenso jeder Gedanke. Jedes Gefühl. Welche Regung auch immer. Nichts ist folgenlos. „Ein Schmetterling in China kann das Wetter auf Hawaii beeinflussen", lehrte mein Lehrer. Das Ueben verstärkt Sensibilität sowie Wahrnehmung. Fördert das Gewahrwerden immer subtilerer Zusammenhänge.

Dadurch lernen Klänge miteinander zu kommunizieren. Anstatt sich bis aufs Messer zu bekämpfen. Eine Sinfonie tritt an Stelle bisheriger Kakofonie. Muster verweben sich zu brauchbarem Tuch. Lebensfäden verheddern sich nicht mehr bloss.

Geschenkt wird dem Studenten während dieses Prozesses jedoch nichts. Geschenkt wird ihm einzig das Leben. Auf dass er es nach besten Kräften verwalte. Nicht verwalten lasse und sich versklave.

Dennoch führt unsere zur Alltäglichkeit gewordene Versklavung, die viele Menschen schon gar nicht mehr wahrnehmen, bei einigen schliesslich zum Leiden. Zu einem Leiden, das so stark ist, dass es eine spezielle Form von Verpflichtung möglich macht und dadurch den Willen mobilisiert, etwas dagegen zu unternehmen.

„Wille ist der Schlüssel zu Dankbarkeit", laut meinem Lehrer. Wille führt zu Dankbarkeit. Und aus Dankbarkeit entsteht Weite, die Fähigkeit zu atmen. Demut wird geboren und bringt das Leben wieder in Fluss. In den Fluss der Liebe, der Vorbehalte in nichts auflöst.
Leben ist paradox.

Es regnete. Ich spazierte mit einer Kollegin durch den Wald. Kreuz und quer. Auf einem Pfad, den ich für mich gebahnt hatte. Schneematsch weichte den Boden auf. Ich wusste, wohin ich treten musste, kannte den trockensten Weg. Der Wurm stach mich und ich wollte meine Kollegin führen. Im letzten Moment hielt ich mich zurück, liess sie gehen. Sie zog eine ganz andere Spur als ich. Ohne Worte, ohne Aufregung gelangte sie auf ihre Weise so sicher durch den Sumpf wie ich. Ich beobachtete sie und schwieg, dankbar für den Fingerzeig.
Dem anderen seine Art lassen. Seine Freude. Und auch sein Leiden.
Die Freude ginge noch an. Doch das Leiden? Wie leicht werde ich dort zum Dieb, indem ich versuche, anderen Erfahrungen zu ersparen. Vor allem schmerzhafte, die ich für unnötig halte. Als ob ich das beurteilen könnte. Als ob das meiner Gerichtsbarkeit unterstünde. Wie komme ich dazu, andere von Erfahrungen abzuhalten? Eine natürliche Regung? Neid? Die Angst, selber davon ausgeschlossen zu bleiben?
Die Angst vor Veränderung ist fundamental im Dasein jedes Menschen. Plötzlich läuft Leben aus dem Ruder. Kommt Kontrolle abhanden. Verliert sich Orientierung und ich stehe vor dem Nichts, weiss weder ein noch aus. Eine bekannte Situation. Wer fürchtete sich nicht davor?
Uebungen bauen Furcht ab. Sowohl die Furcht vor Veränderung als auch die Furcht vor

Orientierungslosigkeit. Sie sind wie der Faden von Ariadne, führen den Sucher sicher durch die Windungen des Labyrinths. Das Labyrinth bleibt. Die Windungen bleiben. Doch der Faden hält den Sucher auf dem geraden Weg. Der Faden, gesponnen durch die Essenz, die aus dem Ueben gewonnen wird.

„Halte dich fest am Seil Gottes", heisst es. Es reisst nie. Sofern nicht Mutwille es zum Reissen zwingt.

Durch Uebung erkenne ich nicht nur allmählich die Muster meines eigenen Lebens. Sondern ich erkenne Muster schlechthin. Menschliche Existenz lässt sich auf wenige Grundmuster reduzieren. Auf Hunger, Durst, Angst, Freude.... Hoffnung. Ihre Zahl ist begrenzt. Ich entdecke sie bei mir. Und dadurch entdecke ich sie allmählich auch bei anderen, so wie im Leben überhaupt. Ich lerne, Wege zu beobachten, Gedankengänge, Schicksale. Das hilft mir, auf Distanz zu gehen. Auf Distanz zu bleiben. Mich in Bescheidenheit rauszuhalten. Anderer Menschen Weg nicht zu sabotieren.

Nichteinmischung ist eine Frucht des Uebens. Eine zäh zu erarbeitende. Kann ich mich sicher fühlen, wenn ich den Weg des Partners, des Kindes, des Freundes nicht unter Kontrolle halte? Ich denke dabei nur an mich. Selbstverständlich. Nicht seinetwegen will ich ihm Schlimmes ersparen. Oder Freudiges, Erfüllendes. Sondern meinetwegen. Aus Bangigkeit, nicht darin inbegriffen zu sein. Was ist Freude, an der ich nicht teil haben kann? Leid, das ich nicht lindern darf? Es wird zur Bedrohung, zur Quelle von Neid.

Andere sogenannt in die Irre gehen zu lassen, bedarf grosser innerer Stärke. Was weiss ich schon? Irren kann für andere Erfüllung heissen. Ich sehe stets nur meinen eigenen, winzigen Ausschnitt von Existenz, solange ich urteile. Nur durch Zulassen wird mir Ueberblick gewährt.

Durch Geschehenlassen. Jeder ist gleichzeitig Strahl und Sonne. Nicht nur ich. Licht herrscht in der hintersten Ecke. Vor allem dort, wo ich wähne es sei Nacht.

Im Ueben öffnet sich der Weg vor meinen Füssen. Das Ueben pflastert ihn, erhellt ihn. Ist Licht, das mich vorwärtszieht. Zu mir selbst. Zur Kenntnis meiner selbst. Meiner wahren Natur.

Das Ueben bescherte mir auch dieses Gedicht, das zum Meilenstein wurde durch die lange, dunkle Nacht. Der Nacht peinlich genauen Uebens ohne Spekulation auf Lohn. Des Uebens, verstanden als Dienst.

Mensch

Es fliesst ein Strom,
Der keiner Quelle entspringt,
Keiner Mündung zustrebt,
Ein gestaltloser Strom,
Vibrierend von Licht.

Seine Fluten gebären die Dinge,
Gebären alles, was wird,
Das, was als Körper erscheint,
Als solide Substanz -
Jedoch auf Nichtsein beruht,
Aus Leere entstand
Und in Leere verweilt,
Widerspiegelung bleibt,
Atmender Tropfen eines pulsierenden Ozeans,
Durch Feuer gestählter Lobpreis,
Liebe, an keine Erscheinung gebunden -

Und doch Wesen ist,

Erdgebundenes Geschöpf,
Den Gezeiten gehorchend,
Dem Hunger, dem Tod,
Geschöpf,
In dessen Herzen einzig Leid
Rohes Gestein zum Diamanten schleift.

****

15. KAPITEL

<u>Rebekka</u>

Rebekka spürte, dass Bernhard nicht kommen würde. Sie hörte vom Bergsturz und davon, die Strasse sei gesperrt. Doch kaum wurde es Abend, fing sie an, auf Bernhard zu warten. Sie konnte nicht anders. Kein Gedanke sonst fand mehr Raum in ihr. Zu essen bereitete sie nichts vor. Und sie holte auch keinen Wein aus dem Keller. Sie räumte einfach auf, badete, wusch sich das Haar und zog das geblümte Nachthemd an, das sie ausschliesslich für diese Gelegenheit gekauft hatte.

Hinterher schlich sie sich auf den Balkon. Band Rebenschösslinge am Geländer fest und hängte eine brennende Laterne ins Fenster. So wie sie es Bernhard versprochen hatte. Darauf setzte sie sich aufs Bett, die Beine angezogen, den Kopf auf den Knien. Und wartete. Wartete wie eine Staute. Atmete kaum.

Die Nacht hing voller Geräusche. Je hingegebener Rebekka lauschte, desto mehr nahm sie wahr. Wie ungebärdig doch das Fauchen einer Katze klang. Und da: wer scharrte auf den Ziegeln? Warum plätscherte der Brunnen so unruhig?

Schritte näherten sich dem Haus. Obwohl sich Rebekka dazu zwang sitzen zu bleiben, sprang sie auf. Flüsterte schon: „Bernhard, Bernhard." Da hielten die Schritte unter dem Balkon an und ihr Nachbar rief: „Che bella notte, Signora!"

Rebekka wankte. Sie schaffte es, einen Gruss zu murmeln und zum Bett zurückzustolpern. Sie fror. Schlang sich eine Decke um die Schultern. Mit heissen Augen schaute sie blicklos vor sich hin. Ihr Körper fühlte sich an wie aus Glas. Fremd. Nicht zu ihr gehörig. Nur die Flamme, die gnadenlos alles in ihr verbrannte, was nicht Bernhard war lebte. Das liess sie in einem Mass aufwachen, das jede Furcht aus ihr verbannte.

Ungefiltert drangen die Gedanken der Nacht auf sie ein. Umflatterten sie wie Vögel. Kamen herangeschossen wie aus einer Waffe abgefeuert. Oder prallten, zu Haufen geballt, an ihr ab. Und obwohl sie nichts mit ihnen zu schaffen hatte, war sie ihnen wehrlos ausgeliefert. Stunde um Stunde verrann. Rebekkas Leben lief vor ihrem Inneren ab wie ein Film. Kristallen klar.

Als der Morgen dämmerte, stand sie auf, braute Tee. Essen mochte sie nichts. Seit Tagen ass sie nichts. Genau seit dem Tag, an dem Bernhard ihr schrieb, er müsse nun eine Möglichkeit finden, sie in die Arme zu schliessen. Unbedingt. Er halte es nicht mehr aus ohne sie. Seit diesem Tag zählte nichts anderes mehr in ihrem Leben.

Die Stunden des Tages liefen Rebekka unter den Fingern weg wie Sand. Sie schaute ihnen zu. Sie schaute sich zu. Ohne Gedanken. Es wurde Abend, ehe sie es sich versah. Sie raffte ihr Badezeug zusammen und lief zum Strand. Der Weg war steil und gefährlich. Sie sprang von Stein zu Stein. Breitete die Arme aus wie Flügel. Der Strand war leer. Die Sonne schickte sich eben an, hinter die Berge zu tauchen. Ihre letzten Strahlen streuten goldene Funken über das Wasser. Als sie verschwand, erlosch alles Licht. Der Himmel und die Berge wurden grau. Und das Wasser färbte sich schwarz.

Rebekka sprang hinein. Es fühlte sich warm an. Sie drehte sich auf den Rücken und schwamm mit geschlossenen Augen in den See hinaus. Je weiter sie sich vom Ufer entfernte, desto kälter wurde das Wasser. Sie legte sich auf den Bauch und schwamm schneller. Da wickelte sich etwas Strähniges um ihren Knöchel. Hielt sie fest. Von Panik ergriffen schlug sie um sich. Plötzlich nahm sie die hereinbrechende Dunkelheit wahr und kehrte wie von Furien gehetzt um. Der Strand liess sich nur noch als schmaler Streifen erkennen. Die Bäume darauf erschienen als formlose Masse.

Rebekka schlotterte und brauchte Minuten um sich anzuziehen. Sie ging sogleich zu Bett und schlief tatsächlich ein.

Am nächsten Morgen erhielt sie einen Eilbrief. Telefonisch war Rebekka nicht zu erreichen. Bernhard schilderte, wie er wegen des Bergsturzes auf halbem Weg aufgehalten und von der Polizei zurückgeschickt worden sei. Der Brief, eine einzige Klage, brachte Rebekka so weit in die Wirklichkeit zurück, dass sie wieder denken konnte. Bernhard wollte also kommen! Sie schluchzte und lachte gleichzeitig. Nun galt es nur, einen praktikablen Weg zu finden. Wie, wenn er mit dem Zug käme? Ihm nachzureisen kam für sie nicht in Frage. Konnten sie in einem anonymen Hotelzimmer zueinander finden? Auf keinen Fall. Er musste zu ihr fahren, damit sie ihn in ihrer Welt empfing. In dieser Welt, herausgehoben aus Raum und Zeit, nach der er sich so sehr sehnte. Wie er schrieb.

Eine Woche später war es wieder so weit. Bernhard konnte sich für eine Nacht frei machen. Rebekka putzte den ganzen Tag um nicht stillsitzen zu müssen. Gegen Abend heizte sie den Kamin ein und hängte den Topf für die Minestrone übers Feuer. Darauf warf sie einen letzten, prüfenden Blick in die Runde, bevor sie das Haus verliess. Und sich auf ihren letzten Spaziergang begab. Ihren Abschiedsgang. Hinterher würde nie mehr etwas so sein wie bisher. Nichts würde sie mit den gleichen Augen sehen. Nichts auch nur entfernt ähnlich erleben. Dessen war sie sich gewiss.

Rebekka kehrte betont langsam ins Dorf zurück. Als sie in die Nähe ihres Haus kam, sah sie einen Mann daraufzugehen. Einen grossen Mann mit grauem, lockigem Haar. Sie stand still. Und mit ihr stand ihr ganzes bisheriges Leben still. Ihr Denken fiel aus. Sie vermochte sich nicht zu rühren. War nur noch Flamme. Lodernder Brand. Und als der Mann sie mit leisem Schrei in die Arme schloss, versank sie in einem Nichts aus bläulicher Helle. Nach zeitloser Zeit liess Bernhard sie los und hielt sie mit ausgestreckten Armen vor sich hin. Sie zitterten beide. Bernhard legte einen Strauss Rosen in ihren Arm. Und irgendwann in der Nacht rief Rebekka Bernhard, mit dem sie bisher nur in brieflichem Kontakt gestanden hatte, zum ersten Mal bei seinem Namen.

Es wurde halb fünf. Und Bernhard nickte kurz ein. Sein Gesicht lag wie ein Mond auf dem Kissen. Und er sah erschütternd jung aus. Rebekka flüsterte in sein Ohr: „Aufstehen, es ist Zeit." Da zersprang der Mond in tausend Splitter.

Sie hatten es eilig. Ein wolkenloser Himmel entfaltete sich. Purpurnes Licht ergoss sich über die Gipfel der Berge. Rebekka glitt aus und Bernhard fing sie in seinen Armen auf. Sein Körper fühlte sich steinern an. Am Wegrand blühte ein Rosenstrauch. Rebekka knickte eine Blüte, stach sich in den Finger. Ein winziger, roter Fleck färbte den Stoff, als sie sich anschickte, die Rose am Aufschlag von Bernhards Jacke festzumachen. Er packte ihre Hand und wisperte beschwörend: „Wie soll er heissen, wenn es ein Junge wird." Rebekka lachte schrill. Sie eilten weiter. Es war kalt. Das Wasser des Baches spie und stampfte, währenddem es sich zwischen den Steinquadern der

Schlucht hindurchwühlte, auseinanderbarst und, über die Felswand stürzend, ihre Gesichter mit Gischt besprühte.

Sie erreichten den Bahnhof. Der Zug fuhr schon an. Bernhard schwang sich aufs erstbeste Trittbrett, winkte, das Gesicht weiss wie Leinwand. Rebekka starrte ihm nach. Fassungslos

Sie keuchte den Weg aufwärts. Blieb zuweilen stehen und klammerte sich an einen Baumstamm. Denn das Blut kochte in ihren Adern und die Landschaft drehte sich vor ihren Augen.

Später erreichte sie den Platz, auf dem die jahrhundertealte Kirche stand, die aufs Dorf schaute. Der See dehnte sich schimmernd zu ihren Füssen. Der Himmel wirkte fast weiss. Und die über die Flanken der Berge gestreuten Häuser blinkten wie Tautropfen im Licht des frühen Morgens. Dunst umflorte die Gipfel.

Rebekka stützte sich auf die Mauer, die den Platz einfasste. Um einander die Illusion zu geben, sie hätten Zeit, waren sie und Bernhard in der Nacht zu einem Spaziergang aufgebrochen. Rebekka sass auf der Mauer und Bernhard legte die Arme um sie, stützte das Kinn auf ihren Kopf. Wiegte sie. Der Himmel hing voller Sterne. Der Mond ging auf. Und die Nacht wurde strahlend hell.

Graugrüne Flechten polsterten die Mauer. Rebekka versuchte, sie mit dem Fingernagel abzukratzen. Als einige schwarzgekleidete Frauen die Kirche verliessen, floh Rebekka. Schlich über einen, von Hortensien und wildem Wein überwucherten Pfad zu ihrem Haus und verriegelte die Türe hinter sich.

Auf dem Tisch standen geleerte Teller. Besteck lag quer darüber, angebrochenes Brot daneben. Eine zerknüllte Serviette war auf den Boden gefallen. Die halbausgetrunkene Flasche Wein hatte Bernhard auf den

Kaminsims gestellt. Auf dem Fensterbrett glühte der Strauss Rosen. Ein Handtuch hing über der Türe zum Schlafzimmer. Decken und Kissen waren zerwühlt.
Rebekka liess sich aufs Bett fallen. Ein einziger Gedanke hämmerte in ihrem Gehirn, der Gedanke an Bernhard - Bernhard - Bernhard. Sie erstickte fast daran. Er presste sie an den Rand ihrer selbst. Sie grub sich in die Decken, die durchdrungen waren vom Geruch nach Bernhard. Der Morgen wurde zum Mittag und der Mittag zum Abend. Regen setzte ein. Das Geräusch von Rebekkas Schluchzen wurde übertönt durch das Grollen von Donner. Und als auch das vorüber war, ging der Mond erneut auf und machte die Nacht wieder so hell wie diejenige, in der Bernhard zu ihr gekommen war.

****

Zu erkennen, dass nie zwei Menschen zur gleichen Zeit dasselbe erleben, wirkte wie ein Schock auf mich. Das Begreifen geschah langsam. Das Erkennen plötzlich. Es zog mir den Boden unter den Füssen weg, produzierte ein Gefühl von Verrat. Unversehens erschien das Bekenntnis von „ich liebe dich" als absurd. Als Farce. Bestand überhaupt die Chance den Geliebten je wirklich zu treffen? Auf ihn zu treffen? Im gegenwärtigen Moment? Im Erglühen für einander? Ineinander? Jetzt?
Ich zweifelte daran. Und ich verzweifelte daran. Als wie armselig erwies sich Leben. Erwies sich menschliche Existenz.....
Beziehung, tiefste Bezogenheit empfand ich als essentiell. Als Krönung irdischen Daseins. Dafür lohnte sich jeder Einsatz, jedes Opfer. Das Aufgehen im anderen, das sich Preisgeben bedeutete Erfüllung schlechthin.

Was allerdings nicht das Aufgeben jedweder Kontrolle meinte. Der Meister meines Lebens blieb immer noch ich. Mir allein unterlag dessen Verwaltung. Eine Arbeit, die nicht delegierbar war. Das Heft meiner Existenz durfte ich nicht aus der Hand geben. Wollte ich auch nicht aus der Hand geben. Ausser mir konnte keiner für mich einstehen. Für mich geradestehen.

Als ich dahinter kam, dass nie zwei Menschen zur gleichen Zeit dasselbe erleben können, erlitt ich das wie ein Versagen meiner selbst. Ich schob mir dafür die Schuld in die Schuhe. Denn dass Leben selbst so grausam sei, wollte und konnte ich nicht fassen.

Mir wurde von klein auf eingetrichtert, es sei an der Frau den Mann glücklich zu machen. Und am Mann das zuzulassen. Mir gelang das nie. Jede Beziehung, in die ich mich begab, oder in die ich gezogen wurde, zersplitterte über kurz oder lang. Ich sah mich stets Scherben gegenüber. Erfuhr mich als Unglücksbotin.

Zu jener Zeit war ich mir des Gesetzes der Oktave nicht bewusst. Von einem gewissen Grad an Spannung zerbrachen Beziehungen einfach.

Ich traf erst später Menschen, die über grössere Spannkraft verfügten. Nicht schon an den ersten Klippen zerschellten. Oder zerschellen wollten. Um mich mit der Schuld dafür alleinzulassen. Bernhard war der erste dieser Sorte.

Er war es auch, der mir zum Verständnis verhalf, dass nie zwei Menschen zur gleichen Zeit dasselbe erleben. Durch ihn ging mir das unsagbare Leiden, das diese Tatsache heraufbeschwören kann erst richtig auf. Wollten wir doch beide nichts so sehr als „aufeinander treffen wie Sternstaub". Und ineinander explodieren.

Einfürallemal.

Wie wir es drehten und wendeten: nichts bedeutete dasselbe für uns. Nichts nannten wir gleich, empfanden wir auf dieselbe Weise. Wir blieben stets zwei Wesen. Zwei von einander getrennte Wesen. Zwei Welten. Miteinander unvereinbar.

Aller gegenseitigen Identifikation zum Trotz vermochten wir unser Zweisein nicht zu verleugnen. Selbst wenn wir daran zu Grunde gingen. Zu ändern war es nicht. Unter keinen Umständen. Weder durch Willen, noch durch Liebe, noch durch Verzweiflung. Wir mochten an die Grenzen menschlicher Existenz stossen. Darüber hinaus führte kein gemeinsamer Weg.

Dennoch versuchten wir es. Besonders ich scheute keine Mühe. Bernhard gab früher auf. Ihm gingen Mut und Ideen rascher aus. Er flüchtete sich in die Arbeit. Arbeitete bis zum Umfallen. Tag und Nacht. Um nicht innehalten, nicht nachdenken zu müssen. Bis er schier den Verstand verlor.

Ich dagegen erlaubte meiner Existenz stillzustehen. Mein Umfeld erschien mir klein genug, um mich bedenkenlos daraus herausfallen zu lassen. Den Preis dafür nahm ich grosszügig in Kauf. Ich verstand mich damals als Künstlerin. Gab mir die Berechtigung für solche Extravaganz. Erteilte mir die Absolution im voraus. Nach dem Motto: Liebe ist immer im Recht. Liebe braucht keine Schranken zu berücksichtigen. Liebe ist göttlich. Wie sollte sie da schuldig werden?

Empfanden nicht Dichter so? Lebten nicht sie nach dieser Maxime? Unbesorgt darüber, was für Muster sie damit in die Welt setzten? Was damit einhergehende Unbekümmertheit bewirkte? Dichter genossen Narrenfreiheit. Künstler genossen Narrenfreiheit.

Grenzen zu erfahren. Immer wieder an den Grenzen des Möglichen zu rütteln. Darin sah ich meinen Lebenssinn.

Meine Lebensberechtigung. Existenzberechtigung schlechthin. Sah ich die Möglichkeit der Schuldentilgung. Der Schuldentilgung dafür, dass ich am Leben war, in meiner Fehlerhaftigkeit, meiner Unvollkommenheit.

Wegen meiner Schlechtigkeit musste ich mehr leisten und besser sein als andere. Nur damit liess sich meine Sündhaftigkeit erlösen.

Das führte dazu, dass ich gar nicht begriff, dass Bernhard mich liebte. Mich. Meine Person wirklich wollte. Ich hielt nur mich der Liebe für fähig. In meinen Augen war er nicht darauf angewiesen zu lieben. Ihm flogen die Herzen ohnehin zu. Er brauchte Liebe nicht zum Leben. Zum Ueberleben, so wie ich, die ich nichts besass ausser meiner Liebe. Deren Leben nicht existierte ausser durch diese Liebe. Die nichts sonst vorzuweisen hatte.

Liebe um der Liebe willen?

Ging es mir je wirklich um Bernhard? Um einen Mann? Ueberhaupt um einen Menschen? Ein Gegenüber? Oder bedeutete meine Liebe einfach Selbstinszenierung?

Meinte tatsächlich irgend etwas in meinem Leben je etwas ausserhalb meiner selbst? Oder kreisten alle meine Bemühungen andauernd nur um mich? Um das goldene Kalb meiner selbst?

Der Boden unter meinen Füssen wurde brüchiger und brüchiger. Je mehr ich mit der Nase auf diese Zusammenhänge stiess. Denn um überleben zu können, blieb mir nichts anderes übrig. Ich hatte keine Arbeit um mich mit Haut und Haaren hineinzustürzen und alles um mich her zu vergessen. Was immer ich ansah, rief in mir den Namen „Bernhard" hervor. Was immer ich berührte. Wasser, das ich trank. Essen, das ich kochte. Sonne, die ich genoss. Pflanzen, die ich begoss..... Nichts existierte ausser Bernhard. Ich war keines anderen Gedankens, keiner anderen Regung fähig.

Die wenigen Menschen, die ich damals kannte, müssen mich für verrückt gehalten haben. Und ich war verrückt. Ver-rückt auf einen anderen Planeten. In eine andere Galaxie. Wohin niemand mir folgen konnte, noch wollte. Wären in diesen Jahren nicht Gedichte in mir entstanden, ich wäre verstummt. Gedichte als Ventile. Als Boten meiner Welt. Als Stimme für mein Unaussprechbares. Als solche wurden sie gehört, erhört und ernst genommen. Als Person hörte mich niemand. Erst als Funktion hört man mich. In meiner Funktion als Künderin meiner Sehnsucht. Meiner Sehnsucht nach Liebe. Der Triebfeder menschlicher Existenz.

Meine ersten Gedichte wandten sich ausschliesslich an meine Liebe. Obwohl sie in Bernhard gipfelten, meinten sie nicht wirklich ihn. Was einer Tragödie gleichkam. Ich konnte die Augen davor nicht verschliessen. Je mehr ich an ihn und für ihn schrieb, desto weniger betraf es ihn. Wir waren aufeinander getroffen und ineinander explodiert. Dabei jedoch ganz geblieben. Und nun sausten unsere Sterne getrennt weiter. Jeder in die ihm bestimmte Richtung. Fern des anderen. Fern der Welt des anderen. Jeder von uns fand sich allein mit seiner Liebe. Und würde es bleiben. Es gab kein: „Ich liebe dich".

Es gab nur ein: „Ich liebe".

Mein Platz im Leben lag innerhalb der Spannweite meiner Arme. Ausserhalb davon war Niemandsland. Niemandes Land, meine Person betreffend. Land, auf das ich keinen Anspruch hatte. Für das ich nicht zuständig war. In das meine Gefühle nicht hineinreichten. Das ich nicht beeinflussen durfte.

Durch die Begegnung mit Bernhard wurde ich mir meines Alleinseins tiefer bewusst denn je zuvor. Der grenzenlosen Ausdehnung meines Alleinseins. Dieser Ausdehnung, die nichts bevölkerte ausser mir. Vom psychologischen

Standpunkt aus liebte ich Bernhard. Vom Standpunkt innerer Arbeit aus betrachtet nicht. Von diesem Standpunkt aus bedeutete Bernhard lediglich einen Ausgangspunkt. Den Ausgangspunkt für die Reise zu mir selbst. Der Reise zu mir selbst über die Liebe zu Bernhard. Bernhard war der Vorwand. Vom Schicksal mir zugedacht als Werkzeug.

Erkenntnisse, gegen die ich mich jahrelang mit Händen und Füssen wehrte, bis sie mich leerbrannten. Und ich es ertrug, Auge in Auge mit ihnen zu verharren. Ohne Gefühl, ohne Sehnsucht, oder Besitzanspruch. In Liebe.

Erst dann lernte ich, Bernhard als Menschen zu sehen. Ohne ihn zum Gott zu erheben. Zwecks Erfüllung meiner Sehnsucht. Und ohne ihm die Verantwortung für den Wust meiner Gefühle aufzuhalsen.

Erst als er für mich Mensch sein durfte, fand ich in mir auch Respekt und Achtung für ihn. Vermochte ich ihm auch zu danken dafür, dass er sich von mir gebrauchen liess. Sich gebrauchen liess als Werkzeug meiner Selbstfindung. Dass er diesen leidvollen Weg mit mir ging. Schicksalshaft oder bewusst. Einen Weg, der tötet. Doch unglaublich reich macht.

„Stirb bevor du stirbst", wird gesagt.

Aus der Verknäuelung mit Bernhard herauszufinden, kostete und verlieh mir gleichzeitig unglaubliche Kraft.

Wobei Bernhard auch etwas anderes hätte sein können als ein Mann. Ein Kind etwa. Ein Berufsziel. Sogar ein geliebtes Tier. Wichtig ist der Prozess der Verknäuelung. Mein Einverständnis, in die Verknäuelung hineinzugehen, bis zum bitteren Ende.

„Lebe leidenschaftlich in allem, was du tust", lehrte mein Lehrer.

Doch dämmerndes Verstehen bewirkte nicht einfach Hochstimmung. Es liess mich erschöpft zurück. Wie nach geschlagener Schlacht. Aus der ich weder als Sieger hervorging, noch als Verlierer.

Als ich stark genug war zu akzeptieren, dass mein Leben seiner Wege ging, so wie Bernhards Leben seiner Wege ging, entstanden ein paar Zeilen wie ein Schimmer von Erlösung. Ein Damm brach und Leben begann zu fliessen. Liebe begann zu fliessen. Liebe, die mich öffnete. Der ich mich öffnete.

Ich ertrug, dass Bernhards Leben ihm gehörte. Und ich lernte, mich in meinem Leben zu ertragen. Als Individuum. Für mich allein dazustehen, bedeutete nicht länger Auslöschung, Vernichtung. Ich brauchte mich nicht mehr auf andere zu beziehen, um vollgültig Mensch zu sein. Ich durfte mich fallen lassen. Ohne Angst vor dem Zerbrechen. In Stücke zersprang nur meine Illusion. Nicht ich.

Erfüllung

Ein auserlesenes Gefäss
Aus funkelnd klingendem Kristall
Bin ich geworden
Unter deines Herzens Händen -

Durchzittert atemlos
Von deines Daseins leidvoll-süssem,
Sinnverwirrendem Gesang -
Durchblitzt, durchzuckt
Von deines Lebens sprühend-dunklem
Purpurglühendem Feueratem -
Durchflutet uferlos
Von deines Seins todlos-todvollem,
Jubelndem Entzücken -

Ein köstlich schimmernd Kleinod,
Das im Zerschellen noch ertönte,
zauberhaft -
Wenn du es fallen liessest....

****

16. KAPITEL

Es geschah an einem Winterwochenende. Knietief lag Schnee. Eine bleiche Sonne warf kaum Schatten. Buntspechte und Rotkehlchen labten sich am Futterhaus. Kein Mensch liess sich blicken. Ich war allein zu Hause. Mein Partner befand sich auf einer Reise.

In meiner Jugend liebte ich das Alleinsein. Unter der Voraussetzung, dass sich irgendwo im Haus noch jemand aufhielt. Ein Zustand, der mir behagte. Ganz allein fühlte ich mich verlassen.

An diesem Wochenende fühlte ich mich entsetzlich verlassen. Niemand ausser mir bevölkerte das Haus. Ein weitläufiges Haus mit vielen Zimmern, die die Stille verstopfte.

Ich kannte diese Situation zur Genüge. Sie schien eines der Grundmuster meines Lebens darzustellen. Eine grundsätzliche Art zu reagieren meinerseits. Alleingelassen fiel ich in Lethargie. Verfiel ich der Melancholie. Sentimentaler Verstimmung, aus der mich nur das Auftauchen von Menschen rettete.

Zwar liess sich die Verstimmung mit Arbeit überbrücken. Mich körperlich zu betätigen, Briefe zu schreiben, oder fernzusehen linderte, doch eliminierte die Verstimmung nicht. Keinerlei Aktivität verscheuchte das Gefühl des im Stich gelassen Seins. Es stand in meinem Dasein wie ein erratischer Block. Als das grundlegende Thema. Die mir im Leben gestellte Aufgabe, an der kein Weg vorbeiführte. Die keine Ablenkung austrickste. Auf die ich immer wieder gestossen wurde. Unfreiwillig, wenn ich mich freiwillig nicht dazu bereitfand. Das Verhalten mir Nahestehender lieferte periodisch Stoff dazu. Sei es, dass ein Partner sich von mir distanzierte und sich anderweitig liierte. Sei es, dass mir Zuneigung aufgekündigt wurde, da mein Verhalten nicht den gestellten Erwartungen entsprach. Das Leben fand Schlupflöcher zu Hauf, um mich aufzustören. Mich zu Auseinandersetzung zu zwingen.

In jungen Jahren pflegte ich um das allein gelassen Werden zu kämpfen. Benötigte es als Freiraum, um in meine Ideale abzuheben. Sobald die Zimmertüre hinter mir ins Schloss fiel, atmete ich auf. Erlöst. Wie von grosser Last befreit. Endlich ledig des lähmenden Zusammenseins mit den Erwachsenen, deren Langweiligkeit mich physisch peinigte, deren Schwerfälligkeit mich bis zur Uebelkeit erschöpfte.

Ich hob ab in die Welt der Musik, in die Welt der Literatur, der Kunst. In die Welt meiner Träume. Beim ersten Ton einer Sinfonie lebte mein Nervensystem auf. Ueber dem ersten Vers eines Gedichts nahm ich meinen Herzschlag wieder wahr. Fühlte ich meinen Körper. Mein Vorhandensein vibrierte in mir. Meine Flügel gingen auf und ich segelte befreit dahin. Glücklich der Erdenschwere entronnen.

Das war früher.

Dann folgte die Zeit, in der Musik die Sicht auf den Horizont nicht länger verstellte. Auch Literatur nicht. Noch weniger Kunst. Kein Medium hielt mehr dicht. Je durchsichtiger ich mir selber wurde, desto durchsichtiger wurden auch sie. Liessen sich nicht länger als Mittel zum Zweck missbrauchen. Lieferten den Stoff nicht mehr, der mich psychisch sanierte. Bevölkerten mein Alleinsein nicht. Noch weniger mein Einsamsein.

Ich bekam Entzugserscheinungen und lernte plötzlich Langeweile kennen. Mein Leben gähnte mich an. Nichts mehr schien von Interesse. Ich wusste nichts mit mir anzufangen. Wurde meiner selbst überdrüssig. Weltschmerz legte sich über mein Dasein wie ein Leichentuch. Vergällte mir das Alleinsein. Machte es zur Qual. Zur Qual, die meinen Neid nährte. Die Eifersucht auf diejenigen, die Leben genossen. Sich etwas gönnten. Anspruch darauf erhoben, sich etwas zu gönnen. Und sich daran zu ergötzen. Was ich als persönliche Beleidigung empfand. Wie durften andere sich freuen? Und ich hatte nichts!

Missgunst begann mich regelrecht zu zerfleischen. Ich fühlte mich betrogen in meinen Grundrechten als Mensch. Ich schlug zurück. Verdammte die Freude anderer. Verdammte Lust und Genuss. Hängte vor allem mir Nahestehenden ein schlechtes Gewissen an. Stempelte sie zu Sündern, die ich mit Verachtung überhäufte, um meinem Schmerz nicht gegenübertreten zu müssen. Meinem gigantischen Schmerz über den Verlust meiner Identität. Den Verlust der Süchte, über die ich mich definierte. Die mein Leben über Wasser hielten. Und die nun Leere gewichen waren. Leere, die mich zermürbte. Mich zu nichts zermalmte. Und an der ich doch unschuldig war.

Schuld daran trug meine Umwelt. Schuld daran trugen meine Partner. Trugen Menschen, die ich liebte. Denen ich vertraute. Denen ich alles gab, was ich besass. Und die es mir durch Verrat lohnten, indem sie mich im Stich liessen. Mich auf mich selbst verwiesen, in den Kerker meines Ungenügens. Mir den Spiegel meiner Wertlosigkeit vorhielten, ohne Argwohn, sogar ohne es zu merken und dafür Verantwortung zu übernehmen. Sie amüsierten sich, unschuldig wie Kinder, währenddem ich litt. Amüsierten sich auf meine Kosten. Ich bezahlte dafür mit der Substanz meines Leidens.....

Ich lernte Eifersucht in einem Ausmass kennen, das ich nicht für möglich hielt. Hass wütete in mir, machte mich fast blind. Ich ging nicht so weit, dass ich denjenigen den Tod wünschte, von denen ich mich beleidigt und hintergangen fühlte. Ich wusste um die Macht des Wünschens, nahm mich davor in acht. Ich strafte unmittelbarer, etwa indem ich aufhörte zu essen, krank wurde, ausgezehrt. Man sollte leibhaftig miterleben, was man mir antat. Ständig damit konfrontiert sein, so dass einem der Bissen ebenfalls im Hals stecken blieb. Das Ausmass des Verbrechens den Schuldigen wie ein Tiger ansprang und ihn mindestens so zerfleischte wie mich mein Leiden.

Die Wunde der Eifersucht klaffte tief in mir. So tief, dass ich fürchtete, nie deren Grund zu erreichen. So dass ich fürchtete, darob den Verstand zu verlieren. Ich war ihr ausgeliefert wie einer Bestie. Mein Killerinstinkt schäumte. Der Gedanke an Rache hielt mich gnadenlos in den Klauen. Der Werwolf in mir erwachte. Und es zeigte sich keine Möglichkeit ihn zur Strecke zu bringen. Periodisch heulte er auf und gestaltete Leben zur Hölle. Nicht nur für mich. Auch für meine Umwelt.

In klaren Momenten erkannte ich das sehr gut. Doch der Bestie zu wehren schien unmöglich. Sie hatte mich voll im Griff. Jede Zelle meines Körpers. Sie hielt mich besetzt wie ein böser Geist. Selbstbeherrschung war umsonst. Ich lief triefend vor Vorwurf herum. Auch wenn ich nichts sagte, mich nicht bewegte. Jeder Nerv drückte Vorwurf aus. Meine ganze Ausstrahlung schrie nach Vergeltung.

Dass mein damaliger Partner zu mir stand, grenzt heute für mich an ein Wunder. Ich trieb ihn ja geradezu von mir weg, durch meine Reaktion und durch mein Verhalten. Doch er kehrte stets zu mir zurück. Freiwillig. Absichtlich, aus Liebe, wie er betonte.

Erst am Punkt grösstmöglicher Entfernung wird Umkehr möglich. Das bewahrheitete sich auch für mich. Vertrauen konnte mir niemand vermitteln. Alles Versuchen, alles Reden diesbezüglich scheiterte. Nur auf mich kam es an. Auf meine Willigkeit, mich meinem Leiden zu stellen. Auf nichts sonst. Damals kannte ich meinen Lehrer noch nicht. Hilfe musste ohne Unterstützung aus mir selbst kommen. Meine Wahnvorstellungen von Recht und Unrecht musste ich anschauen, verstehen, akzeptieren. Auf Gedeih und Verderb.

Es hätte tatsächlich aufs Verderben hinauslaufen können. Einzig Gnade bewahrte mich davor. Gnade, die zur Führerin wurde.

Je mehr ich mich auf mich selbst einlasse, auf die Arbeit an mir selbst, desto tiefer wird in mir gegraben. Desto verborgeneren Schichten komme ich auf die Spur. So lange, bis ich mich meinem grundlegenden Zwang gegenübersehe. Der eigentlichen Motivation meines Funktionierens.

Mein Zwang bestand im Gelöbnis: „Ich will nie mehr ausgesetzt, nie mehr im Stich gelassen werden." Doch im Stich gelassen von wem? Von anderen? Oder vonmir selbst?

Erneut stellte sich mir die Frage von Vertrauen. Von Vertrauen auf etwas, in etwas? Oder die Frage von Vertrauen schlechthin? Vertrauen, das sich an nichts anlehnt, auf nichts baut? Das in sich selbst gründet. Als reines Erinnern. Als Teich, dessen Spiegel kein Hauch kräuselt. Der unauslotbar tief Atem ist.

Jedem Zwang, jedem Verhalten eignen physische Muster. Bewegungsmuster, die so subtil sind, dass sie den Organismus flächendeckend durchdringen.

Ich kann noch so sehr auf der Hut sein. Mich noch so sehr bemühen, keine Regung zu zeigen um etwas, das mir Mühe macht, zu verheimlichen. Mein Körper wird dennoch eine Ausdrucksmöglichkeit dafür finden. Irgendein Nerv wird mich verraten. Und sei es die Starrheit meiner Gesichtszüge, mein offensichtliches Bemühen, betupftes Schweigen, das Erschrecken in meinen Augen.

Der Körper. Diese Tierebene meiner Existenz äussert sich ohne mein Dazutun. Automatisch. Unbewusst. Nach dem Prinzip von Aktion und Reaktion.

Willen allein kommt weder Zwängen bei, noch Mustern. Willen allein ebnet zwar Gelände ein wie eine Dampfwalze. Doch Willen allein bringt nichts an den Tag, ins Bewusstsein, ins Verstehen. Willen allein ist genauso eine Form von Zwang.

Lösung. Erlösung setzt unheimliche Feinarbeit voraus. Wie in der Archäologie. Schichten um Schichten wollen ausgehoben, gesiebt, analysiert sein, zugeordnet, mit Namen und Daten versehen. Eine Sisyphus-Arbeit. Feinste Werkzeuge, behutsamstes Vorgehen, äusserste Wachsamkeit sind dabei vonnöten. Uebersehe ich den kleinsten Teil des Puzzles, ist die Mühe zunichte und ich beginne von vorn.

Und tatsächlich beginne ich jeden Tag von vorn, bei Null, in Ratlosigkeit. Bis sich unversehens das Ende eines Fadens erkennen lässt wie ein Geschenk. Und mich Ahnen anweht wie ein Hauch. Ich durch eine der Schichten hindurchbin, urplötzlich, und zur nächsten vorstosse. Um am folgenden Tag wieder am Anfang zu stehen. Frustriert, mutlos, verbittert. Oder gespannt. Voll konzentriert. Mit geschärften Sinnen.

Werwölfe treten erst um Mitternacht in Aktion. Niemand erkennt sie. Sie treiben ihr Unwesen im Verborgenen. Kein

Schlafender legt ihnen das Handwerk. Zwingt sie ans Tageslicht, so dass der Bann zerbricht.

Werwölfe sind listig. Heimtückisch. Ihnen beizukommen braucht eine detektivische Ader. Und die Biester wollen geliebt sein, in den Arm genommen und geküsst. Anders verwandeln sie sich nicht in Prinzen. Gewalt komme ich nicht mit Gewalt bei.

Ich kann mir selber nur als Freundin wirklich begegnen. Als Liebende. Stehe ich mir als Feindin gegenüber, verpasse ich mich. Ich werde nichts finden in mir, an mir, wenn ich mich mit Füssen trete. Nur indem ich Licht in meine Dunkelheiten trage, kommen sie an den Tag. Indem ich es zärtlich hineintrage, hingebungsvoll. Sonst bläst der Sturm des Vorwurfs das Licht auf der Stelle wieder aus.

Selbsthass füttert Zwänge, macht sie anmassend und fett. Sie brüsten sich auf meine Kosten. Besetzen mich wie eine Bastion. Einen Kerker, in den keine Helligkeit dringt. Einen Kerker, In dem einzig das Recht des Stärkeren herrscht.

Wirkliches Vertrauen bedingt hören. Bedingt zuhören. Um schliesslich zu sehen, was mir in jedem Augenblick zu sehen gegeben ist. Wirkliches Vertrauen bedingt das Horchen auf den Herzschlag des Lebens in mir. Unmittelbar.

Im Verschliessen der Ohren nach aussen den Klang des Atems hören. Den Klang dieser Liebe, der die Sicht öffnet. Die Sicht auf die Inexistenz von Tod. Diesen Klang, der Form zum Fluss wandelt. Zum Fluss, der Leben trägt. Leben erträgt ohne Unterscheidung. Im gegensatzlosen Jubel des Jetzt.

****

17. KAPITEL

Als Kind betete ich inbrünstig, aus schierer Not, als
Ueberlebenshilfe. Vor allem betete ich zur Mutter Gottes.
Zwar lehrten mich meine Erfahrungen mit Müttern
Vorsicht. Frauen misstraute ich grundsätzlich. Hielt sie
durchwegs für falsch. Doch die Mutter Gottes fand ich
über Zweifel erhaben. Das Bild, das die Kirche von ihr
entwarf, machte sie vertrauenswürdig.
Wenn ich betete, stand mir meistens das Wasser bis zum
Hals. Entweder aus Verliebtheit, oder wenn Angst mich
umtrieb, oder Verzweiflung über das Verhalten meiner
Erwachsenen. Und da ich gelöste Zustände kaum kannte,
benötigte ich Gebet oft als Ventil.
Ich kam rasch dahinter, dass Gebet den Einsatz meines
gesamten Wesens, meines ganzen Körpers erforderte.
Laues Beten brachte nichts. Routinemässiges Beten
konnte ich genausogut bleibenlassen. Ich belog mich
damit nur selbst.
Betete ich, kniete ich mich deshalb auf den Boden.
Steinboden eignete sich besonders gut. Meine gestrickten
Strümpfe rieben dabei an den Knien. Oder die Knie
wurden schmerzhaft kalt, wenn ich ohne Strümpfe ging.
Das hielt wach. Liess das Blut laut rauschen in meinen
Adern. Das aufrecht Knien ohne anzulehnen, straffte
zudem den Rücken, bedeutete doppelte Anstrengung,
doppelte Konzentration. Ich drang dadurch schneller zum
Kern des Anliegens vor. Worte formten sich genauer.
Dringender. Bildeten den Keil präziser und solider. Diesen
Keil, der schliesslich den Felsen von Angst und von
Verzweiflung in mir sprengte.

Den Sinn meiner Gebete hinterfragte ich nicht. Auch nicht deren Zweck. Aus Erfahrung kannte ich deren Zweck. Um den Sinn scherte ich mich nicht. Ich besass einen sehr direkten Draht zu Religion. Sie taugte, solange sie diente. Als Werkzeug diente. Als Werkzeug zum Ertragen und Verstehen meines Alltags. Zum Durchdringen des Unerklärlichen, das mit mir geschah. Zum Durchdringen dieses Wusts an Leiden, an Demütigung. Zum Schaffen von Raum. Zum Erhellen dieses Raums. Dieses Leidens. Religion, beziehungsweise Religionen war ich nicht treu. Ich kenne Loyalität einer Tradition gegenüber nicht. Für mich gibt es kein „einmal katholisch, immer katholisch"..... Mein Hinterfragen brachte über kurz oder lang überall Schwachstellen zum Vorschein. Mein ätzendes Hinterfragen, das nicht auf Respekt basierte, sondern auf unbedingtem Willen nach Wissen. Verschwommenheit konnte ich mir nicht leisten. Nicht in religiöser Hinsicht. So allein auf mich selbst gestellt, wie ich es war, in einem Umfeld, in dem ich mich als Exilierte erlebte, als Vertriebene. Allem und jedem im Weg.
Dennoch mochte ich bombastische Zeremonien, wie ich sie in der Kirche erlebte: Kerzendunst und Weihrauchschwaden, brokatene Gewänder, barocke Altäre, schwülstige Gemälde, mit Blut besudelte Christusse. Ich liebte Morbides, gruselig Schauriges. Es dockte an meine Existenzangst an. Dämonisches erschreckte mich. Jedoch nicht gemeinhin, da ich Gefahr als kreativ erlebte. Nur vor tatkräftigem magischem Eingreifen scheute ich zurück. Hätte mich Kulten nicht verschrieben, da sie an die Selbstbestimmung rührten. Ritualen folgte ich nur, wenn sie Klarheit schufen. Klarheit für mich selbst. Massenrituale mochte ich nicht. Diese lullten ein. Machten faul und abhängig. Und von

Abhängigkeit hielt ich weniger als nichts. Ich glaubte auch Pfarrern nicht aufs Wort, noch Schriften.

Als Leben zu Hause unerträglich wurde, schickte mich meine Tante zum Pfarrer unserer Pfarrei. Ich sollte ihm unser Leid klagen. Ihn um Hilfe bitten, um direktes Einschreiten. Eine Kinderbitte habe besonderes Gewicht, dachte sie.

Meiner Gewohnheit entsprechend beobachtete ich den Pfarrer, währenddem ich ihm meine Geschichte erzählte. Er hörte mir zu - und dachte dabei an etwas anderes, wie mir schien. Er wirkte hilflos. Obwohl er mich währenddessen freundlich anlächelte. Ich spürte instinktiv, dass von ihm nichts zu erwarten sei. Das liess meinen Mut sinken, zog den Boden unter meinen Füssen weg. Einmal mehr fühlte ich mich fehl am Platz. Er werde für uns beten, sagte er. Legte auch mir ans Herz, dem Heiland mein Weh zu klagen. Der Heiland helfe immer, wenn Gebet aus reinem Herzen komme, betonte er. Ich kam mir verschaukelt vor.

Insgeheim war ich überzeugt davon, Gebet versetze Berge. Echtes, wirkliches Gebet:

ich zählte neun Jahre. Eines Nachts schreckte mich fürchterliches Rasseln aus dem Schlaf. Es kam aus der Kammer über mir. Einer Rumpelkammer unter der Dachschräge, ohne Heizung. Mein Grossvater hauste dort. Türen schlugen zu. Mein Vater polterte die Stiegen hinauf. Meine Tante telefonierte nach dem Arzt. Der Grossvater hatte einen Schlaganfall erlitten und lag offenbar im Sterben.

Ich sass im Bett, hielt mir die Ohren zu. Spitzte sie wieder wie ein Luchs. Pendelte hin und her zwischen der Angst, den Anschluss zu verpassen und der Angst, mich dem Ereignis auszuliefern.

Meine Tante schlich sich in mein Zimmer, machte sich an meinem Schrank zu schaffen. Sie kramte in einem der obersten Fächer, zu dem ich nicht hinaufreichte. Ich ahnte, was sich dort verbarg. Es blitzte silbern auf. Meine Tante wickelte ein Kreuz und zwei Kerzenständer aus einem Tuch. Ich heulte los, zog mir die Decke über den Kopf. Meine Tante nahm mich in den Arm und flüsterte: „Grossvater ist schwer krank und möchte in den Himmel gehen. Bete, wenn du ihm helfen willst."

Der Arzt traf ein. Und auch der Pfarrer klingelte an der Tür.

Ich kroch aus dem Bett. Auf meiner Wäschekommode befand sich ein kleiner Altar, zusammengefügt aus Schachteln bedeckt mit einem Tuch, auf dem zinnene Messgeräte standen. Altes Spielzeug meiner Tante. Davor kniete ich nieder, ein Schaffell unter den Knien.

Von oben hörte ich das Rasseln, Sägen, Würgen des Grossvaters. Dazwischen das Bimmeln eines Glöckchens, das Gemurmel von Gebet. Manchmal setzte das Röcheln aus. Todesstille stürzte über mich. Und mein Herz nahm einen Satz, bevor das Röcheln von neuem einsetzte.

Ich versuchte, mich diesem Terror zu stellen. Und zugleich den gewissen Punkt in mir zu treffen. Diesen Punkt, der Gebet real machte. Ich klammerte mich dabei an der Kommodenkante fest und rief tonlos: „Lieber Gott, Grossvater darf nicht sterben, bitte, bitte." Einmalumsandere rief ich es, doch nichts geschah.

Mir wurde klar: ich musste härter ran. Ein richtiges Gebet sprechen. Ich begann mit dem Vaterunser. Den ersten Durchgang schaffte ich ohne zu stocken. Beim zweiten Durchgang verschlug es mir den Atem. Was war das? „DEIN Wille geschehe?" „Nein, nein, nein", schrie es in mir. „Grossvater darf nicht sterben." Ich presste die Stirne gegen die Kommodenkante. Der physische Schmerz bändigte die in mir aufsteigende Panik allmählich. Ich konnte wieder denken und begriff, dass es keine Alternative gab. Ich war rettungslos ausgeliefert. Gehorsam betete ich: „DEIN Wille geschehe." Fügte nur leise hinzu: „Aber bitte, lass Grossvater leben."

So ging es hin und her. Vaterunser nach Vaterunser. Einmal spülte mich die Verzweiflung von dannen. Das nächste Mal hielt ich ihr stand.

Die Geräusche wurden weniger. Der Arzt verliess das Haus. Der Pfarrer später auch. Die Medikamente wirkten. Ruhe kehrte ein.

Nur mich riss immer noch Welle um Welle von Verzweiflung mit sich fort. Und immer noch kämpfte ich gegen das Abtauchen. Dagegen, den Faden des Ereignisses in mir zu verlieren.

Im Morgengrauen erwachte ich. Mich fror bitterlich. Ich lag zusammengerollt auf meinem Schaffell, die Augen verquollen, die Glieder schwer wie Blei. Am Fenster blühten Eisrosen. Im Haus war es totenstill. Ich kroch ins Bett.

Irgendwann kam die Tante zu mir, strich mir über den Kopf und sagte: „Du darfst dem Grossvater Kaffee hinaufbringen."

Der Grossvater lebte also. Ich war nicht überrascht von dieser Nachricht. Obwohl ich mir verbot, dafür meine Gebete verantwortlich zu machen. An Wunder glaubte ich nicht.

Ich glaubte stets nur an Arbeit. Und dass ich in dieser Nacht hart gearbeitet hatte, wusste ich. Noch Tage danach fühlte ich mich wie ausgebrannt.

Wünsche besitzen Macht. Am richtigen Punkt in mir verankerte Wünsche besitzen sogar unheimliche Macht. Auch zerstörerische Macht. Denn immer sind auch andere in mein Wunschgeschehen mitverwoben. Immer findet es auch auf Kosten anderer Menschen statt. Gemäss dem Gesetz der Gegenseitigkeit bezahlen andere immer mit.

Mit jedem Gedanken, der mich streift. Mit jeder Bewegung, jeder Regung werde ich auf irgendeine Weise schuldig. Ich kann keinen Schritt tun ohne Schuld anzuhäufen. Zumindest keinen unbewussten. Jeder unbewusste Schritt kommt Verschwendung gleich. Verschwendung von Atem, gemäss der Definition meines Lehrers, für den einzig Verschwendung als Sünde gilt. „Lerne Verantwortung zu übernehmen für jeden deiner Gedanken, jedes deiner Gefühle", mahnte mein Lehrer ununterbrochen. „Sei bei jedem Atemzug anwesend. Verliere keinen aus deinem Bewusstsein. Halte dir bei jedem Schritt, den du tust, deine Absicht vor Augen. Sei dir ständig der göttlichen Gegenwart bewusst." Und er fügte hinzu: „Nichts lässt dich dich selbst finden, ausser deine Motivation stimmt und du bist darauf vorbereitet, die entsprechenden Opfer dafür zu erbringen."

Mit den Jahren hörte ich ganz auf zu beten. Mit erreichter Volljährigkeit trat ich aus der Kirche aus, ging aber schon vorher nicht mehr hin. Ich stand auf Sartre und liebäugelte zur selben Zeit mit dem tibetischen Buddhismus, praktizierte Yoga. Gewissensbisse empfand ich dabei keine. Leben war da um benutzt zu werden. Wissensgut, Gedankengut war da um benutzt zu werden. Ich wurzelte in nichts. Gehörte nichts an, keiner Religion, keiner Weltanschauung. Es stand mir deshalb frei, von jedem Strauch zu naschen. Auch zeitweise bei einem bestimmten Strauch zu verweilen, ein bisschen Ahnen zu ergattern und dann weiterzuhuschen. Niemand kontrollierte mich. Oder genauer: ich liess mich von niemandem kontrollieren. „Die Gedanken sind frei", heisst es in einem Lied, das wir in der Schule oft und gern sangen. Den meinen gestand ich ungezügelte Freiheit zu.

Das änderte sich auch nicht in der Arbeit mit meinem Lehrer. Und er forderte nicht, dass es sich ändere. Sonst hätte ich nicht mit ihm arbeiten können.

Mein Lehrer gehörte einer Tradition an, und zwar einer Tradition, die ich nicht sonderlich achtete. Das überraschte mich auf der einen Seite, ermöglichte mir auf der anderen Seite jedoch zusätzliche Distanz. Notwendige Distanz, die mir hinwiederum erlaubte, mein Beobachten beizubehalten. Zu meinem Erstaunen verhielt sich mein Lehrer sehr linientreu gegenüber seiner Tradition, derjenigen, in der sein Lehrer ihn herangebildet hatte. Ich konnte mir keinen Reim auf dieses Verhalten machen. Erst eigene Erfahrung lehrte mich: „Es gibt nur EINE Essenz."

Mein Lehrer bestand auf Gebeten als Uebung und ich gehorchte. Wartete übend auf eigene Erkenntnisse. Stellte meine Gebete schweigend ein, als diese sich zeigten. Gab hie und da Bruchstücke meiner Erfahrungen preis. Mein Lehrer drängte mich zu nichts. Er beobachtete mich, so wie ich ihn beobachtete, nur tiefgreifender. Denn er liebte. Ich aber nicht. Welch himmelweiter Unterschied!

Erst meine eigene, leibhaftige innere Erfahrung des Zustandes davon, „dass ich geliebt bin", und zwar in jedem Augenblick und bedingungslos, öffnete mich für subtileres Verstehen der Natur von Gebet. Diese Erfahrung, dass ich in jedem Fall geliebt bin, ohne Ansehen der Umstände und meiner Person. Meiner Traditionszugehörigkeit, meiner Einstellung und meines Verhaltens. Die Erfahrung, dass es meine Natur ist, die Natur des Seins, geliebtzuwerden. Dass es die Natur von Existenz überhaupt ist. Die Natur von allem, was ist.

Eine Erfahrung, die mein Leben revolutionierte. Es aus den Angeln hob und nicht wieder einhängte. Ich entdeckte, dass es vollständig in Ordnung war, im Weg zu sein und angefeindet. Dass es vollständig in Ordnung war, so zu sein wie ich. Dass es Verschwendung gleichkam, wenn ich mich dagegen wehrte. Wenn ich versuchte, anderen nach dem Mund zu reden. Mich um jeden Preis beliebt zu machen. Versuche, die an der Realität vorbeizielten. Die gar nichts bringen konnten. Denn sie fütterten Muster nur zusätzlich, anstatt sie zu neutralisieren.

Mein Nervensystem polte sich durch diese Erfahrung um, als würde es durch und durch gewaschen. Durch und durch gewalkt und wieder neu zusammengesetzt.

Das veränderte auch meine Möglichkeit zu sein. Meine Möglichkeit mich zu zeigen, mich darzustellen. Dadurch wich mein krampfhaftes Bemühen Gelöstheit, Toleranz. Ich lernte Gebet zu respektieren. Es als Weg zu respektieren, auf dem es den Menschen entlangzieht. Vom Punkt der Identifikation mit seiner Person, mit seinen persönlichen Belangen, bis dorthin, wo Gebet schliesslich in Stille mündet.

„Gebet ist eine Uebung des Willens, in der der geschaffene menschliche Wille liebende Uebereinstimmung mit dem Willen Gottes sucht. Es ist eine persönliche Begegnung mit dem göttlichen Willen. Das ist der höchste Grad von Gebet", schrieb mein Lehrer zu diesem Thema.

****

18. KAPITEL

Es verblüfft mich stets von neuem, wie viele Handgriffe es braucht, um eine einfache Handlung auszuführen. Wie viele Bewegungen. Welch umfassenden Einsatz.

Schon nur das Kaffeetrinken wird zum gigantischen Vorgang, zerlege ich es in seine Einzelteile:

Notwendig dafür ist, dass es überhaupt Kaffee gibt. Dazu Plantagen, Samen, Erde, Regen, Sonne..... Dann Arbeiter. Geld ist nötig. Schiffe sind nötig, Flugzeuge, Lastwagen, Detaillisten, bei denen ich den Kaffee kaufe. Ferner braucht es eine Küche, einen Herd, Geschirr, einen Stuhl für mich, um den Kaffee zu geniessen, einen Tisch.

Nun komme ich selber ins Spiel: mein Gehirn, mein Körper, meine Hände sind gefragt. Meine Fähigkeiten, meine Gesundheit. Bei Behinderung brauche ich Hilfe zur Zubereitung und zum Trinken des Kaffees. Später sind meine Innereien dran, die den Kaffee verarbeiten, meine Nerven, Magen und Darm. Ich benötige ein Badezimmer. Oder eine Ecke im Wald für die Ausscheidungen. Was vom Kaffee übrig bleibt, geht zurück in die Natur. Macht einen weiten Umwandlungsprozess durch, bis wieder Erde daraus entsteht. Erde, aus der neuer Kaffee wachsen kann..... Von den Tausenden zusätzlicher Vorgänge, die diese grosse Linie füllen ganz zu schweigen. So braucht es Hanf, Papier, Schnüre zum Verpacken des Kaffees. Hunderterlei verschiedene Maschinen zu seiner Verarbeitung. Hände, die sie steuern. Wieder Gehirne. Wieder Mühe, Atem, Energie.....

Schon nur das winzige Erlebnis eines Kaffeegenusses setzt weltumspannend Aktivitäten auf jeder nur denkbaren

Ebene voraus. Alles ist vernetzt. Nichts kann mir im Alleingang gelingen. Nicht das geringste. Auch wenn mein Stolz sich das gerne einbildet. Ich bin von einer Abhängigkeit, deren Ausmass nicht absehbar ist. Auch als sogenannte Selbstversorgerin. Wenn kein Same da ist, um Gemüse zu pflanzen. Wenn Erde, Sonne, Regen nicht mitspielen. Wenn ich krank werde, mir den Finger breche. Ich kein Werkzeug habe. Es kein Geschäft gibt, um welches zu kaufen....., bin ich aufgeschmissen. Hilflos dem Verhungern preisgegeben, wie ein Säugling ohne Pflege.
Oder auf anderer Ebene:
ich denke an Freunde in Uebersee. Mein Gehirn setzt Prozesse in Gang, damit ich die Freunde innerlich genau sehe. Sie sogar rieche. Ihre Berührung spüre am anderen Ende der Welt. Sie sprechen höre, als stünden sie neben mir. Den Raum wahrnehme, in dem sie sich befinden, das Scharren von Füssen, das Rücken von Stühlen. Den Klang des Telefons, das ständig bei ihnen klingelt. Und das alles, ohne dass ich leibhaftig dort bin.....
Es ist überwältigend, was ständig abläuft, auf der Erde, im Universum, ohne dass ich mir darüber Rechenschaft gebe. Die Vernetzung ist lückenlos. Und wenn nur ein winziges Teilchen nicht funktioniert, bricht Chaos aus. Etwa wenn Strom ausfällt, die Erde bebt, Ueberschwemmung droht. Oder einfach wenn ein Unfall passiert..... Plötzlich ist nichts mehr gewährleistet. Terminschwierigkeiten, Fehlleistungen sind die Folge.
Auch in meinem winzigen Alltag. Mein Nervensystem muss sich nur weigern, am Morgen den Wecker zu hören. Schon läuft alles schief. Meine Aktion setzt Dutzende von Gegenreaktionen in Gang. Von Gegenreaktionen bis zu Ueberreaktionen, die Wirbel nach sich ziehen. Wirbel im wahrsten Sinne des Wortes: Energiewirbel, Klangwirbel.....

Erweitere ich meinen Horizont auch nur ein bisschen. Lasse ich mich auch nur ein bisschen auf solche Vorgänge ein, beobachte, verfolge einzelne Fäden, tut sich eine ungeahnte Fülle von Zusammenhängen auf. Eine Fülle schwindelerregender Zusammenhänge, in deren Wust meine Wichtigkeit zu weniger als Stecknadelkopfgrösse schrumpft.

Für mich war das eine heilsame Entdeckung. Mit tiefgreifenden Folgen.

Mir ging auf: wenn ich schon dieses Nichts bin. Und wenn ich dennoch so unheimlich viel in Gang setze, trotz - oder gerade wegen meiner Nichtigkeit - muss ich wenigstens dem mir Möglichen ungeteilte Aufmerksamkeit gönnen. Das ist meine Pflicht. Meine Aufgabe als Rädchen im Mechanismus des Universums.

Eine winzige Handbewegung, wie das Abrutschen eines Skalpells, kann Leben rauben, zahllose Schicksale beeinflussen.....

Wie viel mehr vermag dagegen ein Atemzug!? Ein bewusster Atemzug, der auf ungleich viel feinerer Ebene stattfindet als der rein materiellen? Der meine Motivation grundlegend beeinflusst, von mir eingegangene Verpflichtungen unauflöslich verankert und dadurch mein Nervensystem entsprechend neu ausrichtet. Herz und Kreislauf regeneriert. Muskeln, Bänder entspannt. Den Organismus ins Lot bringt, damit er wach und bewusst funktioniere. Anstatt gedankenlos und mechanisch, ferngesteuert von fremden Interessen, von Medien, Süchten, Emotionen.....

Die Arbeit mit einem Lehrer zielt darauf ab, immer mehr solcher Zusammenhänge zu erkennen. Vom Einzelwesen zum Weltenbürger zu mutieren. Von der Einsamkeit ins Alleinsein hinüberzuwechseln. Ins Alleinsein eines Wesens, das umfassende Verantwortung für sich selbst übernimmt. So wie für das, was es verursacht. Auf derjenigen Ebene zumindest Verantwortung übernimmt, die es zu erreichen, zu verstehen vermag. Ich kann vielleicht keine Verantwortung übernehmen für eine Lawine, wenn sie in Kanada Dutzende von Menschen erfasst. So scheint es. Doch ich kann die Verantwortung für meine schlechte Laune übernehmen, die ich an anderen auslasse, bedingt durch diese Nachricht. Für Niedergeschlagenheit, für deprimierte Aeusserungen, mit denen ich andere belaste. Und nicht nur andere Menschen sondern meine Umwelt schlechthin.

Auch Gedanken sind Energie. Sind elektrische Impulse, die unmittelbar auf Nervensysteme wirken. Nicht nur auf menschliche. Sondern ebenso auf tierische, auf pflanzliche und molekulare. Um nicht zu sagen auf atomare.....

Elektrische Impulse sind Schwingungen. Schwingungen, die Klänge erzeugen. Klänge, die sich ins Unendliche fortsetzen. Andere Klänge nach sich ziehen. Sich zu Klangmustern verweben. Zu Klangfluten, Klanglawinen.....

Die Konsequenzen sind unauslotbar.

Es schneite wie verrückt. Das Schneeräumen nahm kein Ende. Uebellaunigkeit machte sich breit. Jemand wies auf einen Hund hin, den die Freude über den Schnee halb toll machte. Wies auf die Schönheit dieser Hundefreude hin. Auf deren Reinheit bar jeden Hintergedankens. Jemand anderes entgegnete: „Du magst recht haben. Aber ich kann nun einmal nicht vierundzwanzig Stunden am Tag dankbar sein."

Wirklich nicht? Oder am Ende doch? Was würde das verändern? Würde es überhaupt etwas verändern? Für den Fall es würde versucht?

„Klang fixiert Muster", lehrte mein Lehrer.

Der Ursprung von Klang ist Atem. Ist Atem, durch das Atmen zum Klingen gebracht.

Ein Musiker, der nicht mit seiner Musik atmet, ist ein Scharlatan. Seine Musik wirkt tot. Bewegt niemandes Gemüt. Ein Maler, der nicht mit seinem Bild atmet, schafft Kunst, die keine ist. Eine Mahlzeit atemlos zubereitet, erzeugt keinen Appetit. Auf jemanden zuzugehen, ohne mit meinem Atem dahinter zu stehen, ist, als nähere ich mich ihm als Gespenst. Kraftlos, ohne Ausstrahlung und Präsenz.

Der Einsatz von Sprache macht die Situation noch deutlicher, die Wahl der Wörter: zur Kontaktaufnahme, zur Begrüssung, zum Dialog:

Jemand rempelt mich an. Ich zische: „Trottel" zwischen den Zähnen hervor.

Sofort ist nicht nur mein Nervensystem geschockt. Auch dasjenige des Anremplers reagiert. Die Muskeln antworten blitzschnell. Unwillentlich. Der Körper geht in Abwehrstellung. Das Gehirn sucht fieberhaft nach saftiger Erwiderung. Das Macht-Ping Pong ist in vollem Gang, bevor ich es realisiere. Auf Faustschlag folgt Faustschlag. Im übertragenen - oder im tatsächlichen Sinn. Härte ist Trumpf. Von Bosheit nicht weit entfernt. Auch nicht von Rache. Auf jeden Fall herrscht Verkrampftheit, Mangel an Weite, an atemvoller Lebendigkeit.

Das angerempelt Werden hätte auch ein anderes Muster produzieren können. Zum Beispiel, wenn ich anstatt „Trottel" sagte: „O bitte. Ist schon in Ordnung." Dazu lächelte. Zur Seite ginge. Dem Gegenüber den Vortritt liesse. Auch wenn das als Schwäche taxiert würde, als Heile-Welt-Gebaren.

Muster kann ich füttern, oder aushungern, indem ich ihnen Nahrung verweigere. Füttere ich sie, ziehen sie notgedrungen weitere nach sich. Bewirken Unruhe und

Störung. Münden schliesslich in Chaos. Hungere ich sie aus, verläuft ihre Bewegung subtiler. Wirft weniger Wellen, produziert weniger Dissonanz, weniger Verletzung. Dafür ist die Anstrengung grösser. Mein Körper muss sich dafür zum Transformer wandeln. Zum Transformer der Muster. Transformer sind von Energie strotzende Maschinen. Es summt. Es brummt in ihnen. Sie vibrieren buchstäblich. Die Spannung in ihnen ist extrem. Diese Spannung, erzeugt durch das Umsetzen von Energie. Transformer brauchen starke Gehäuse, mächtige Sockel, auf denen sie solide verankert sind. Sonst besteht die Gefahr, dass sie auseinanderbrechen.

Auch Menschen, die zu Transformern werden, brauchen starke Gehäuse. Trainierte Nervensysteme. Muskeln, Bänder, die Schocks abfedern. Augen, die hinter Fassaden sehen. Stimmen, die den Besitzern gehorchen. Eine Atmung, die Blockaden gar nicht erst entstehen lässt.

Ein Transformer handelt nicht, sondern hält aus. Ein Transformer ist Mittel zum Zweck. Ist Mittler. Mittler, wie der Lehrer, der Brücke ist für den Schüler - vom Diesseits ins Jenseits, vom Tod ins Leben. Brücke vom Tod unbewusster Existenz in die Lebendigkeit erwachten Seins. Der Lehrer kanalisiert Energie, gleich einem Instrument. So dass er einen Klang von sich gibt, den der Schüler hören, ihn als Werkzeug gebrauchen und darauf aufbauen kann.

Als etwas vom Wichtigsten in der täglichen Arbeit erachte ich das zu Ende bringen. Das zu Ende bringen von was immer ich beginne. Und sei es das Bürsten der
Haare mit all seinen Folgen: mit dem Entfernen ausgerissener Haare, dem Zurücklegen der Bürste an ihren Platz, dem Zurechtschieben des Stuhls vor dem Spiegel. Diesen kleinen und kleinsten Handgriffen, die die

Handlung schliesslich beenden. - Und die genau visualisiert sein wollen, da sie sonst vergessen gehen. Visualisation ist eines der stärksten Hilfsmittel innerer Arbeit. Visualisation als Wegbereitung. Als Bereitung des Weges, den ich zu gehen beabsichtige. Visualisation als eine Art des Voraussehens, des Vorauserlebens von dem, was ich zu tun gedenke. Oder eines Satzes, den ich von mir geben will. Einer Absicht, die ich in mir verankern möchte.

„Geht durch solche Visualisation nicht jegliche Spontaneität verloren", ist ein gängiger Einwand von seiten potentieller Schüler. Und es ist ein berechtigter Einwand, sofern ich Spontaneität mit Impulsivität verwechsle. Impulsivität lässt mich ohne Vorhersehen handeln. Aus dem Bauch heraus sozusagen, vergleichbar der Handlungsweise einer Dampfwalze. Impulsivität lässt mich handeln ohne auf mögliche Folgen zu achten. Mein Temperament geht dabei einfach mit mir durch. Was ich grosszügig erlaube, da ich mich so als frei erlebe, als dynamisch und kreativ. Das Wegräumen eventueller Leichen, bedingt durch meine Unbedarftheit überlasse ich anderen.

Spontaneität dagegen verlangt Selbstbeherrschung. Verlangt Voraussicht, Weitsicht, die hinwiederum Eventualitäten berücksichtigt. Die den Ueberblick behält und dadurch Schaden ausschliesst. Oder ihn zumindest verringert. Das Temperament geht dabei im Schritt, trabt oder galoppiert, gemäss der Situation, meiner Entscheidung gehorchend. Es dient. Und überfährt dadurch weder andere, noch mich selbst.

Visualisation setzt innere Sammlung voraus. Ich muss mich stillhalten: meine Nerven, meine Glieder sowie die Augen - die inneren Augen. Und ebenso die Ohren - die inneren Ohren. Alle Sinne muss ich stillhalten. Die äusseren sowie die inneren. Auch den Atem muss ich kanalisieren. Muss ihn kanalisieren zum ruhigen Strom. Denn Sturm erschwert bekanntlich das Sehen, das Hören, und das Wahrnehmen.

Visualisation findet in meinem Herzzentrum statt. Im bewussten Punkt, an dem stets Stille, Atem, Licht herrscht. „Man sieht nur mit dem Herzen gut", bemerkte der Kleine Prinz.

Aus dem Herzen zu handeln, zu denken, zu sprechen, ja sogar sich zu bewegen, zuzupacken und loszulassen ....produziert eine bestimmte Essenz: das Gold des Alchimisten, hergestellt aus demjenigen Quäntchen Gold, das der Mensch mit auf die Erde bringt. Es mitbringt als Erinnerung, als Mahnung. Damit er seiner Herkunft eingedenk sei und mit diesem Quäntchen wuchere.

Zu einer gewissen Zeit wurde offensichtlich, dass ich mit meiner Mutter Frieden schliessen musste. Dass ich auch diese Beziehung zu einem Ende bringen musste.

Ein unmöglicher Gedanke, der zuerst äussersten Widerwillen in mir auslöste. Tiefste Entrüstung. Nie, nie gedachte ich, ihr zu verzeihen. Doch ein gewisser Teil in mir wusste es besser. Ihm blieb keine Wahl. Er verstand, dass ihm keine Wahl blieb. Und er brachte den Rest von mir dazu, das ebenfalls zu begreifen.

Eine bittere Zeit begann. Eine Zeit, gespickt mit Widerstand. Ich begegnete einmal mehr finsterstem Hass, der sich durch nichts untergraben liess. Zum Glück wurde mir Zeit geschenkt. Durfte ich mir Zeit gönnen. Obwohl die Zeit nicht Wunden heilt, sondern sie lediglich zudeckt - sofern ich nicht gegensteuere.

Die Arbeit des Verzeihens erwies sich als unglaublich hart. Nichts liess sich erzwingen. Weder die Aufgabe des Hasses, noch die Bereitschaft zur Liebe.

Erst als ich erschöpft meine Versuche aufgab, zeigte sich Farbe am Horizont. Entmutigt liess ich den Dingen ihren Lauf. Und siehe da: sie nahmen ihren Lauf. Obwohl nicht schmerzlos, schoben sie meine Leiden ans Licht. Und rückten sie dadurch ins richtige Licht.

Meine Mutter starb.

Sie lag auf ihrem Bett, eine Binde um den Kopf, den Rosenkranz zwischen den Fingern. Eine schmale, winzige Frau. Am Ende reichte sie mir nur noch bis zum Hals. Sie, die vordem mein Leben wie eine Riesin überschattete. Wie eine monströse Teufelin.

Ihre Hände glichen Vogelklauen. Feinen, zerbrechlichen Klauen, die nicht verletzen. Ich sah sie in Gedanken in Bewegung. Wie sie den Stoff eines Rocks berührten, den ich geschneidert hatte. Wie sie darüber hinweg strichen, fast ungläubig, wie über etwas sehr, sehr Zartes. Im Blick der Augen stand Bewunderung, Verwunderung, auch Stolz auf meine Leistung. Stand scheue Annäherung an eigenes Leiden.

Ich schaute auf meine Mutter hinunter und eine Garbe von Feuer brach aus meinem Herzen, erfasste meinen ganzen Körper. Tränen rannen über meine Wangen. Nicht Tränen der Trauer, sondern Tränen nicht zu beschreibender Freude. Nicht zu beschreibender Dankbarkeit. Unaussprechlicher Fülle. Mein Gott: wie liebte ich diese Frau!

Es war vollbracht: der Kreis geschlossen. Wie durch ein Wunder hatte die Zeit dafür gereicht. Zum Zurückgeben gereicht. Zum Danken für das Geschenk meines Lebens. Meines Lebens, so wie es war. Zum Danken ohne Vorwurf! Es bedurfte keiner Erklärungen zwischen uns, keiner Rechtfertigungen, keiner Genugtuung. Meine Person blieb während des ganzen Prozesses aus dem Spiel.

Dadurch wurde der Weg frei von mir zur Mutter. Von Mutter zu mir.

****

19. KAPITEL

Ich lausche einer CD mit uralten Mantren aus dem Himalaja. Ein Lama singt. Ein Meister der Musik. Der Musik von Stille. Dieses Klangs des Erinnerns. Dieses Klangs, der Welten überspannt, im reinen anwesend Sein. Im Einssein jenseits der Barriere von Angst, von Zweck und Ziel.

Endlose Atemzüge. Ein Strom des Klingens breit wie das Meer. Tief wie das Meer. Unkontrollierbar wie das Meer. Weder dem Verstand gehorchend, noch dem Willen. Klang des Herzzentrums. Regungslos, bewegungslos, gebündelt durch den Blick.....

Und der Prophet Mohammed berichtete, dass Gott sprach: „O mein Diener, ich war krank und du besuchtest mich nicht, ich bettelte von dir und du gabst mir nicht".

Inder heben zur Begrüssung die gefalteten Hände vor die Stirn und sagen: „Ich begrüsse Gott in dir."

Im Herzen des Herzens erstrahlt das Licht, mit den Augen der Augen erschaut.

Gott will erkannt werden. Darum schuf er die Welt. Zur Welt führt die Strasse des Atmens, des Klangs. Zu Gott führt die Strasse des Lichts, erbaut auf dem Atem. Die Arbeit des Atmens bringt mich zum Atem. Zur Schau des Lichts. Zur Hilfe an Gott. Gott bedarf meiner, so wie ich seiner bedarf. Wir sind voneinander nicht trennbar.

In meiner Schulter wütet eine Nervenentzündung. Ein schreiender Wahnsinn, der mich fast von Sinnen treibt. Mein Blick lässt sich kaum richten. Jeder Atemzug verlangt Anstrengung. Verlangt fast nicht aufzubringende Konzentration. Immer wieder schweifen die Augen ab, weg vom Herzzentrum nach oben ins Gehirn, Hilfe erheischend. Ich pendle hin und her zwischen Verstandes- und Herzensebene, versuche um jeden Preis, dem Schmerz zu entkommen, irgendwie. Tabletten bringen allmählich Ruhe. Der Schmerz ist nicht weg, doch dessen Spitze ist gebrochen. Der Gedankenaufruhr legt sich, der Gefühlsaufruhr. Immer noch steht das Tagespensum wie ein Berg vor mir, gegen den ich anrennen möchte. Immer noch tue ich mir wegen der erschwerten Bedingungen leid. Leben ist schon schwierig genug. Wozu dieses zusätzliche Hindernis?

Doch dann erübrigt sich auch die Schonhaltung langsam. Ich kann mich normaler bewegen. Der Körper entkrampft sich. Das Gefühlsgewühl fliesst weg. Das Atmen gewinnt an Tiefe. Atem vibriert wieder. Und ich brauche nach keinem Grund mehr zu jagen für den Unfall. Er hat sich ereignet, wie anderes sich ereignet, das ich ebensowenig ergründen werde. Mit dem besten Willen nicht. Es zu versuchen, hiesse zurückzurutschen ins Richten, ins Mitleid mit mir selbst.

Nach Ursachen zu suchen und sie den Auswirkungen entgegenzustellen, fesselt mich an ein Leben, basierend auf Hypothesen. An ein Leben, in dem ich nur sehe, was ich sehen will, Ursachen sowie Auswirkungen betreffend. Eingespannt in dieses Spiel von Ursache und Wirkung, verpasse ich, was wirklich ist. Bin ich hin- und hergerissen zwischen Fragen und möglichen Erklärungen, die alle nur ein Ziel haben: mich von Verantwortung für meinen eigenen Zustand reinzuwaschen. Die Schuld daran irgendjemandem, irgendetwas aufzubürden. Nur nicht mir selbst.

Ich versuche um jeden Preis das Leid zu umgehen, das Leid darüber, dass versucht wird, mir solche Verantwortung überhaupt anzuhängen. Das Leid über die Schonungslosigkeit meiner Existenz, die mir Schutz verweigert. Mir meinen Einsatz so übel lohnt.

Jedes Brüten über etwas wurzelt in Selbstmitleid. Ich hänge nichts nach in Gedanken, wenn ich keinen Mangel empfinde. Das Gefühl von Mangel ist die Ursache von Selbstmitleid. Von Mangel an was auch immer.
Laut meinem Lehrer war das Gefühl, Mangel zu leiden Illusion. Mangel leide nur, wer nichts wisse von der Einheit allen Seins. Wer sich arm wähne, da er etwas zu entbehren meine. Angefangen von Zuwendung, über Bestätigung, bis hin zu einem Dach über dem Kopf. Von spirituellem Wissen, bis hin zu inneren Erfahrungen. In Wirklichkeit fehle nichts. Nirgendwo. Es werde nicht das geringste vermisst. Auf keiner Ebene. In Wirklichkeit sei Existenz unfehlbar, in sich vollkommen. Sei jedes Leben unfehlbar, in sich vollkommen. In der letzten Konsequenz.
Eine ungeheuerliche Behauptung, vom Verstand her nicht zu fassen. Wäre unter dieser Voraussetzung nicht all mein Leiden, mein Kämpfen umsonst? Rein für die Katze? Eine Vorstellung, die mir das Wasser bis zum Hals treibt, so dass ich japse. Es mich um und um spült und ich nächstens zu ertrinken glaube. „Mein Gott: so hilf mir doch", schreit es in mir.
Woraus denn? Und warum sollte er? Dieser Er, irgendwo draussen im Weltall. Dem es scheinbar obliegt, mein Leben zum Guten zu wenden, da ich sonst vor die Hunde gehe. Was er doch niemals verantworten könnte....!

Wahrheit. Die Wahrheit meines Lebens erweist sich als erschütternd einfach, bei näherem Hinsehen. Als geradezu grotesk simpel. Mit jedem Tag mehr. Meine Person dagegen schlägt Purzelbäume, um Beachtung zu erzwingen, Anerkennung. Narrt sich pausenlos selbst in tierischem Ernst. Ist wild darauf aus, ihre sogenannte Integrität zu untermauern. Wenn das nicht ein Lächeln wert ist! Oder gar ein herzhaftes Lachen. In Liebe. So wie das Streicheln über das Fell eines ungebärdigen Hundes.

Plötzlich stellte sich mir die Frage ob ich an Gott glaube. Was - und ob ich grundsätzlich etwas glaube.
Das Wort „Gott" mochte ich nicht. Es zog zu viele Assoziationen an. So wie das Licht Motten. Assoziationen, die den Gefühlshaushalt in Wallung versetzten. Und das widerstrebte mir. Da Ideen, Vorstellungen über kurz oder lang zerbrachen, wie ich aus Erfahrung wusste. Sich unweigerlich als unzutreffend herausstellten. Als das Eigentliche verfehlend.
Keine Beschreibung, keine Definition hielt dem Einen stand. Wahrheit war nicht fassbar. Weder in Sprache, noch in Bildern. In Bildern, die sich stets in Hinweisen erschöpften, ohne den eigentlichen Punkt zu treffen. Den dimensionslosen Punkt, dem weder Anfang noch Ende eignet.
Wozu dann glauben? Aus Feigheit? Der Not gehorchend? Sollte ich glauben, um vor eventuellem Nichts geschützt zu sein? - Ich hielt auch vom Wort „glauben" wenig. Angsthasen glaubten.
Ich mochte lange nicht hören, dass auch in innerer Arbeit Hierarchie herrscht. Beim Gedanken an Gehorsam sträubte sich mir das Fell. Hierarchie verlangte nach Gehorsam, nach Glauben. Doch Schafe, die sich ihrem Hirten verschrieben, lächerten mich. Ebenso Schüler, die sich ihrem Lehrer verschrieben. Sich auf Gedeih und

Verderb Strafe, oder Belohnung auslieferten. Ueber deren Leben der Lehrer wie ein Damoklesschwert hing.

Für Blinde gibt es Hunde, die sie leiten. So wie es für Schüler Lehrer gibt, die sie leiten. Schüler und Blinde sind einunddasselbe. Sähen Schüler würden sie zu Lehrern. Kletterten auf eine höhere Stufe der Hierarchie. Sogar wider Willen da ein Zurück nicht möglich ist.

Doch auch innerhalb des Schülerseins besteht Hierarchie. Der Schüler schreitet von Glaubenssatz zu Glaubenssatz, von Erkenntnis zu Erkenntnis. Der Weg ist weit bis zur Barriere. Derjenigen Barriere, die ihn von Angstlosigkeit trennt. Der Barriere, die in Besitzlosigkeit mündet, in der selbst Konzepte Ballast sind. Schritt für Schritt führt zur Wahrheit, Vorstellung um Vorstellung, Erwartung um Erwartung - bis hin zum Moment der Entblössung, am Punkt ohne Wiederkehr.

Istanbul. Ein altes Hamam: ein Badehaus:
ich liege nackt auf geheiztem Marmor. Unter einer gemauerten Kuppel, die übersät ist von winzigen Glasziegeln, durch die Tageslicht schimmert. Die Schlappen der Bademeisterin klatschen über den Boden. Sie bringt Kessel, Seife und Lappen.

Der Ort regt an zu tiefem Atmen. Es ist, als liege ich in einem Bauch. Ohne die Lippen zu öffnen, intoniere ich leise Klang. Zuerst hört man ihn kaum. Dann nimmt das Gewölbe ihn auf. Immer höher schwingt er sich, bis er die Kuppel ausfüllt. Der ganze Raum vibriert davon. Es scheint, der Klang komme von nirgendwo und doch von überallher. Die Augen halte ich geschlossen. Der Klang setzt meinen Körper unter Strom.

Draussen läuft eine hitzige Demonstration erbitterter Fundamentalisten ab. Von weit her höre ich sie Parolen schmettern, höre ihr erbostes Geschrei.

In meinem Bauch, in diesem Klangraum, liege ich geborgen wie in einem Schoss. Die Schrecken der Welt weit hinter mir lassend.

Nun kommt die Bademeisterin. Sie trägt nur noch den Slip. Ihre schweren Brüste wabern. Sie lacht breit, zieht mich zwischen ihre Knie, meinen Kopf zwischen ihre Brüste. Schrubbt mich mit Seife und Lappen wie ein Affenkind. Singt dazu. Mit einer Stimme, die liebkost und rauh ist wie ihr Lappen.

Konsequent bearbeitet sie meinen Körper. Beguckt ihn mit Kennerblick, so als stehe ich auf dem Heiratsmarkt. Sie war Bäuerin, bevor sie diese Arbeit übernahm, die sie gern tut. Mit Hingabe erledigt. Sie putzt mich, als sei ich das Ferkel, das sie einer Schwester zur Hochzeit schenken will. Und ich überlasse mich ihren Händen ohne Lust zu verspüren, mich zu verstecken. Was habe ich schon zu verbergen?

Ja, was habe ich schon zu verbergen? Und dennoch versuche ich es laufend. Obwohl da die Arme des Lebens wären, denen ich mich furchtlos überlassen könnte. Ganz ohne Vorbehalte, Koketterie und Schminke. Ohne mich mit Geheimnissen zu umweben, die mich unnahbar machen. Mir zu Hautnahes vom Leib halten.

Glaube ich das? Oder weiss ich es?

Ich weiss es. Mit Gewissheit. Einer Gewissheit, die gewachsen ist, über Jahre hinweg. In Millimeterarbeit. Kaum sichtbar, wie eine Pflanze. Und deren Blüte sich unverhofft öffnete, wie ein unerwartetes Geschenk. Eine Ueberraschung, die mich jeden Tag frisch erstaunt. Es ist, als habe mein Leben Füsse bekommen. Und stehe nun solide da. Ohne Aufhebens und ohne zu wanken.

Die grossen Worte, die imposanten Gesten haben sich verloren. Die Persönlichkeit scheint ziemlich abgehalftert. Schlabbert fadenscheinig an mir herum, wie Fetzen an einer Vogelscheuche. Von Wind und Wetter ausgebleicht. Die Vögel freut es. Sie haben sich an den Anblick gewöhnt, fürchten ihn nicht mehr.

Wie fühlt sich die Idee an, Leben müsse sich vor mir nicht mehr fürchten? Andere müssten sich vor mir nicht mehr fürchten? Ich stelle keine Gefahr mehr dar? Man brauche sich nicht vor mir in acht zu nehmen?

Es ist wie ein Gehen auf sehr, sehr dünnem Eis. Eine falsche Bewegung und es bricht ein. Und das Strampeln im Mus der Emotionen beginnt erneut.

Atemvolles Stillehalten ist gefragt. Bewegungsloses Wahrnehmen durch diese Scheibe aus Eis. Das sich Erschauen in diesem hauchdünnen Spiegel, der nichts verbirgt. Dem Täuschung fremd ist, Beschönigung. Der mich mir schonungslos vorhält.

„Wo immer du hinschaust, ist das Angesicht Gottes", lehrte mein Lehrer.

Wo immer ich hinschaue? Auch in der Sturmflut, die Menschen ertränkt? Auch in den Augen des Mörders? Grenzt diese Behauptung nicht an blindes nicht wahrhaben Wollen? Wozu rief Jesus Verbrecher zu sich? Was sah er in ihnen, das andere nicht erkannten? Fixiert Klang tatsächlich Muster? Wie kommt es, dass es keinen echten Lehrer, keinen Meister gibt, dessen Lehre auf Verurteilung basiert? Immer ist da nur Liebe.....Niemals Drohung. Niemals Angstmacherei.

„Lass alles hinter dir", mahnte mein Lehrer. „Deine Vorlieben, deine Abneigungen, deine Ziele, Wünsche, Hoffnungen. Alles, woran dein Herz hängt."

Auf das arm Werden kommt es an. Das nackt Werden. Die völlige Entblössung, die erst wirklich Raum schafft für Licht. Nachdem ich all die Irrwege gegangen bin: über das mich Beklagen, das Richten, das Hinausschreien meines Schmerzes über Ungerechtigkeit, das mich Austoben in

Gier, in Macht, im Kampf ums Ueberleben, im an mich Raffen von Besitztümern, im Schwelgen in Unterhaltung, der Bewunderung fremder Leistungen, dem Neid, der Wut, dem Zorn.....Nach all diesen Zuckungen und Krämpfen der Persönlichkeit, mit der ich mich ausstaffiere, um auf dem Lebensmarkt gut dazustehen, konkurrenzfähig zu sein..... Um am Ende, „am Tag des Gerichts", Auge in Auge mir selbst gegenüberzustehen. Schutzlos preisgegeben der Durchleuchtung..... In liebendem erkannt Werden und Erkennen.

„Wenn wir unsichtbar sind, findet uns Gott. Wenn wir Aufmerksamkeit auf uns ziehen, gibt es keinen Raum für Gott", schrieb mein Lehrer. Und im Zen heisst es: „Wenn Hunger kommt, esse ich Reis. Wenn Schlaf kommt, schliesse ich die Augen. Dummköpfe lachen über mich. Aber der Weise versteht."

Und Linji sagte:

Alle Dinge sind wie Träume und Illusionen
Wie Trugbilder von Blumen im leeren Raum -
Nicht wert, dass man sich anstrengt
Sie zu erfassen.

Das, was man üblicherweise
Als Erlangen oder Verlieren,
Als richtig oder falsch benennt -
Werft es mit einem Mal fort!

Glaubte ich an Gott? - Ich machte mir weniger und weniger Gedanken darüber. Bis sie eines Tages ganz aufhörten.

****

20. KAPITEL

Es gibt nichts im Leben, das ich als gegeben voraussetzen dürfte. Nichts, das selbstverständlich wäre. Weder dass ich am Morgen erwache, noch dass ich am Abend zufrieden ins Bett sinke. Weder dass ich höre, noch dass ich verstehe, was man mir sagt. Alles ist Geschenk. Alles Gnade. Und somit alles Risiko.

Leben ist grenzenlos. In jedem Augenblick sind Möglichkeiten grenzenlos, gehorchen sie weder meiner Erwartung, noch sind sie meinem Willen unterworfen. Selbst der eisernste Wille zwingt Leben nicht in risikolose Bahnen. Meine etwaigen Entscheidungen nehmen nur in geringem Mass darauf Einfluss, falls überhaupt. Der Mensch kann sich zwar mit seinem Leben zufrieden geben. Doch wer fände nicht, mehr wäre besser!

Irgendwann werden in meinem Leben für mich irgendwo Weichen gestellt ohne mein Dazutun. Und später wird mir die Rechnung dafür präsentiert. Ob ich sie annehmen mag, oder nicht. Ich habe keine Wahl. Wie immer ich mich entscheide, es hat Konsequenzen. Und ich muss das Risiko eingehen.

In grundlegenden Dingen des Lebens scheint der Mensch tatsächlich nicht viel Selbstbestimmung zu haben. Es scheint, er werde einfach in die Welt hinausgespuckt - wie ein Kirschkern. Entweder schafft er es bis zum Baum. Oder er bleibt irgendwo liegen und vertrocknet. Wird zu Kompost. Und der Zyklus beginnt erneut. Leben sieht unberechenbar aus, gnadenlos unberechenbar. Man denke nur an all die Krankheiten, die Katastrophen - das Herzeleid, das Leben ausmacht. Die gloriosen Augenblicke zusammengenommen betragen einen geringen Prozentsatz davon. Weit gewichtiger wiegen die schmerzlichen. Diejenigen, in denen der Mensch Gott zürnt, mit seinem Schicksal hadert. Sich mutwillig Recht zu verschaffen sucht. Ohne Rücksicht auf Verlust.

Mangel an Unterscheidungsvermögen, kritikloses Vergleichen, blinde Annahme sind arge Feinde. Sie bringen es mit sich, dass ich nur sehe, was in meine Erfahrungswelt hineinpasst. Und, aus Schaden klug geworden, halte ich meine Erfahrungswelt so eng, dass möglichst nur Angenehmes hineinpasst.

Menschliche Faulheit ist unüberbietbar. Wozu sich anstrengen, wenn sich Leben doch zurechtbiegen lässt? Und manchmal lässt es sich wirklich zurechtbiegen. Für kurze Zeit. - So wie sich auch mein Lehrer manchmal zurechtbiegen liess. Für kurze Zeit. So lange, bis der Schüler sich sicher fühlte, Abwehrmechanismen aufgab und der nächste Streich folgen konnte - der nächste Streich des Lehrers - der nächste Streich des Lebens. Und der Schüler sich fragte - der Mensch sich fragt: „Warum trifft es immer mich? Aus welchem Grund trifft es stets die Guten? Diejenigen, die sich doch solche Mühe geben, sich so sehr anstrengen, Gott zu gefallen? Aus welchem Grund straft er sie? Anstatt sie mit Lohn zu überhäufen, damit es ihnen noch besser gehe.....?"

Fragen, auf die ich keine Antwort erhalte. Grundsätzliche Fragen. Lebensmotorische Fragen. Ohne sie geschähe nichts, würde niemand am Morgen aufstehen, sich rühren, Dinge an die Hand nehmen. Ohne diese Fragen wäre Leben sprichwörtliches Paradies, vollendete Harmonie, alptraumhafte Langeweile, in der Existenz zum Stillstand käme, sich erübrigte.

Was der Mensch Entwicklung nennt, kommt nur unter Druck zustande. Ohne den Stärkeren, der den

Schwächeren unaufhörlich herausfordert, gäbe es Fortschritt nicht. Fortschritt als Stolz des Menschen, an dem er sein Selbstbewusstsein aufrichtet. An dem er sich orientiert.

In den Augen eines Lehrers gibt es keine Entwicklung in diesem Sinne. Auch keinen sogenannten Fortschritt. Da gibt es nur den Fort-Schritt. Das Fort-Schreiten nämlich, das sich Entfernen von der Quelle, vom Ursprung des Seins.

Für einen Lehrer bedeutet das Lernen nicht das Anhäufen von immer mehr Information. Von immer mehr Information über noch höhere Ausbeute, über noch bessere Nutzung, noch grösseren Gewinn.

Für einen Lehrer bedeutet Lernen das pure Gegenteil. Für ihn bedeutet es Tempoveränderung, Langsamerwerden, um schliesslich innezuhalten und sich umzuschauen.

Anstatt blind zu rennen und sich die Lunge aus dem Leib zu keuchen, um ja Schritt halten zu können und den Anschluss nicht zu verpassen, mahnt der Lehrer zu Mässigung, zum Aufmachen der Augen, dem sich selber Rechenschaft Geben und dem Rechenschaft Ablegen. Zum Bilanzziehen und zum neu Anfangen. Und zwar zum neu Anfangen, ohne dass einem dabei die Zunge aus dem Hals hängt: vor Gier, vor Angst den Anschluss zu verpassen, zu spät gekommen zu sein.

Der Lehrer verlangt damit vom Schüler eine unheimliche Portion an Mut. Genaugenommen eine schier übermenschliche Portion an Mut. Plötzlich soll der Schüler gegen den Strom schwimmen. Soll er gegen den Strom schwimmen, ohne überhaupt die Kraft dafür zu haben, ohne über geeignete Flossen zu verfügen. Ohne irgendwelches Wissen. Ist das nicht eine Zumutung? Sogar eine freche und blauäugige Zumutung?

„Der Lehrer kommt wenn der Schüler bereit dafür ist", sagte mein Lehrer. Welcher Lehrer? Und wenn welcher Schüler bereit dafür ist? Irgendeiner? Oder ein ganz bestimmter? Der einzig mögliche? Der einzig für den Lehrer mögliche? Wo wird das entschieden? Und wer entscheidet das? - Eine weitere Serie lebensmotorischer Fragen. Fragen, die Motor sind, der Leben in Gang hält.

Ich mochte meinen Lehrer auf Anhieb nicht, als ich ihn zum ersten Mal sah. Er war weder mein bevorzugter Typ Mann, noch schätzte ich seine Nationalität, seine Sprache, geschweige denn seine Herkunft. Und dennoch wusste ich sofort: „Das ist mein Lehrer. Und ich nehme ihn an. Zu welchem Preis auch immer."

War es lediglich seine Person, seine Ausstrahlung, sein Charisma, das mir diesen Schritt ermöglichte? Oder war da mehr? Anderes? Etwas, das mein inneres, nicht mein äusseres Auge wahrnahm?

Was musste im Moment unseres beiderseitigen Treffens nicht alles zusammenpassen! Es ist nicht auszudenken! Fäden mussten von seiner, von meiner Geburt an zueinanderlaufen. Fäden mussten auf Generationen zurück zueinanderlaufen. Schicksale einander bedingen. Nervensysteme aufeinander ansprechen. In irgend einer Form aufeinander reagieren. Auf undenkbar vielen verschiedenen Ebenen.

Millionen von Zusammenhängen, Millionen von Voraussetzungen waren dafür notwendig. Wie sonst wären wir im einen Augenblick, am einen bestimmten Ort aufeinandergetroffen?

Im Innehalten, im Stillestehen wird der Horizont der Wahrnehmung, wird Leben so unendlich weit, dass ich darob verstumme. In Ehrfurcht verstumme.

Indem ich mich dem Atmen, und schliesslich dem Atem anheimgebe, lerne ich, die Fülle dieser Weite zu erahnen. Sehr behutsam, sehr, sehr langsam zu erahnen. Denn Ueberforderung könnte für mich tödlich enden. Ich kann nichts erzwingen. Gar nichts.

„Stehe im Diesseits. Und verbeuge dich ins Jenseits", lehrte mein Lehrer.

Vom Diesseits aus gesehen erscheint Leben als erstickend beschränkt, oft dumm und lieblos. Vom Jenseits aus gesehen jedoch ist es Weite, Fülle, Licht. Und zwar nicht im emotionalen, im sentimentalen Sinn. Sondern im Sinn reinen Erinnerns. Reines Erinnern nimmt nichts als gegeben hin, setzt nichts als selbstverständlich voraus. Für das reine Erinnern gleichen sich keine zwei Augenblicke, gibt es Wiederholung nicht.

Und wenn sich keine zwei Augenblicke gleichen..... ist dann die Gewähr für Gnade nicht grenzenlos? Ist Liebe nicht grenzenlos, wenn es Wiederholung nicht gibt? Wenn jeder Augenblick stets neu ist? Unbelastet? Die eine, ewig erste Chance? Die ewig frische? Mir pausenlos gewährt?

Es ist furchtbar anstrengend mit einem Menschen zusammenzuarbeiten, der aus diesem Bewusstsein heraus lebt. Geschweige denn mit ihm zusammenzuleben. Oder wenigstens gemeinsame Tage mit ihm zu verbringen. Es ist unvorstellbar anstrengend. Geradezu zermürbend. Zumindest für diejenigen Teile im Menschen, die nicht wissen, nicht aufwachen und sich nicht den Schlaf aus den Augen reiben wollen. Diese Teile sind ständig frustriert, andauernd beleidigt. Tun sich über die Massen leid, beklagen sich lauthals, lassen sich krankschreiben - und so weiter.

Bin ich mit dem Lehrer zusammen, ist der Tag nicht automatisch zu Ende, wenn der Feierabend beginnt. Nicht um sechs Uhr, wenn ich gewohnheitsmässig zum

Stammtisch gehe. Oder um acht Uhr, wenn die TV-Show anfängt. Der Lehrer berücksichtigt zwar die äussere Uhrzeit. Doch die Uhrzeit, nach der er wirklich arbeitet, ist die innere Uhrzeit, dieses „Gesetz der Sieben", das Gesetz der Oktave, in der Schwingungsebene auf Schwingungsebene folgt, Oktave in Oktave übergeht. So wie in der Musik: nahtlos. Dieses Gesetz, nach dem Leben zu einer Art von Gummiband wird, zur Sehne des Bogens, der aufs höchste gespannt sein muss, soll der Pfeil sirrend von ihm fliegen und das letztendliche Ziel erreichen...., das eigene Herz.

Der Pfeil

An einem Punkt in der Zeit
Oeffnet sich eine der Türen nach der anderen
Zu den Kammern meiner Existenz,
Um sich nie wieder zu schliessen.
Türenloser,
Fensterloser,
Wändeloser Raum offenbart sich,
Raum, in dem nichts im Verborgenen bleibt.

Einem Juwel gleich
Breitet sich Dasein über Zeit und Raum,
Gefasst im Augenblick gleissender Konzentration,
Der Schmerz, wie auch Freude erlöst.

Bis zum Zerreissen ist der Bogen gespannt -
Auf dessen Sehne der Pfeil schwerelos ruht,
Fliegend an Ort verweilt,
Absichtslos zur Mitte hin weist,
Die er selber ist.

In spiegelnder Weite vibriert Atem,
Fliesst klangvoll Stille -
Ist Licht.

Eben noch war ich glücklich, erschien Leben als satt und reich. Nun fühle ich mich schlapp und alles Licht ist aus der Welt gewichen..... Gerade noch lief eine Fliege über den Bildschirm. Nun ist sie weg..... Und die Spatzen vor dem Fenster? Wo waren sie vor einem Augenblick?
Gerade jetzt sterben Menschen, werden andere geboren. In diesem Augenlick wird gelacht, geweint, gejubelt und getrauert, überall auf der Welt. Flugzeuge landen und starten. Blüten brechen auf. Sonnensysteme zusammen. Sterne explodieren. Das Weltall dehnt sich aus. Gerade in diesem Augenlick..... Muster verwirren und entwirren sich. Pausenlos. Ohne Unterlass dreht sich der Reigen des Daseins. Dreht sich das Rad des Lebens. Immer gleich und doch tausendfältig verschieden. Keine zwei Menschen ähneln sich, keine zwei Existenzen. Und doch gleicht sich Leben aufs Haar. Beginnt der Tag am Morgen, endet er mit der Nacht. Beginnt Leben mit der Geburt, endet es mit dem Tod. Entlockt Leid Tränen, Freude Gelächter..... So verschieden sich Leben zeigt, in unendlicher Variation, so gleich ist es, als Ganzes gesehen.
Und vom Ganzen her gesehen bin denn auch ich nichts anderes als die Fliege an der Wand: sie ist Bewegung, Atem, Licht - ich bin Bewegung, Atem, Licht. Nur weiss die Fliege das nicht, wird es nie erfahren. Doch ich kann lernen es zu wissen, es zu erfahren. In der Essenz sind wir uns gleich. In der Funktion sind wir verschieden. Sie ist Tier und unbewusst. Ich bin Mensch. Und von mir wird Bewusstheit gefordert.

Vom Einzelnen her gesehen ist Leben verrücktes, wirres Spiel. Nicht fassbar. Nicht lenkbar. Ist es Hölle, die im Tod endet.

Vom Ganzen her gesehen ist Leben Fluss, atemberaubende Schönheit in vollendeter Konsequenz im gegenwärtigen Augenblick.

Augenblick:

Augen blicken,
Schauen,
Sehen hin,
Nehmen wahr,
Erkennen -
JETZT.

Vom Einzelnen her gesehen bin ich gigantisch wichtig. Bin ich ein Individuum voller Einfluss. Vom Ganzen her gesehen - wenn ich den Raum umkehre und mich anschauen lasse - bin ich ein winziges Teilchen. Zwar auch ein Individuum, jedoch ein Individuum im Stande des Dieners. Bin ich verwoben ins Tuch von Zeit und Ewigkeit, ohne Persönlichkeit, bar jeden Anspruchs.

Der Blickpunkt, der Punkt, von dem aus ich schaue macht den ganzen Unterschied. Ich kann von aussen her, oder von innen her schauen, tief aus meinem Inneren heraus. Oder ich kann so weit in mich gehen, dass ich selber zur Schau werde, zur Schau ohne Blickpunkt. Und deshalb auch ohne Beurteilungspunkt. Ich kann mit dem Ganzen mitatmen im Bewusstsein meiner Einzigartigkeit in der Vielfältigkeit, für die nichts einzigartiger erscheint, die nichts bevorzugt, der alles gleichermassen wert gilt.

Ein mühsames Unterfangen? Vielleicht. Es braucht Anstrengung, sicher. Und es macht Leben nicht einfacher, ganz sicher nicht besser. Vom mageren Piepston schwillt Leben einfach an zum brausenden Klang einer Orgel. Dennoch wachsen mir deswegen keine Flügel. Und ich bekomme auch keine Kiemen. Lohn für meine Anstrengung erhalte ich nicht. Und dennoch sieht Leben von dort an grundlegend anders aus. Das Licht erscheint nicht mehr einfach als sei es ausgeknipst worden, wenn mein Stimmungsbarometer sinkt. Atem vibriert pausenlos, auch wenn für mich nicht alles nach Wunsch verläuft.

Atem:

Filigranes Gefäss,
Klangwirbel,
Lichtdurchwirkt,
Schoss, der Existenz gebiert -
Seinslos Seinsloses schafft
Am Morgen der Tat,
Auf den kein Abend folgt.

Jesus brach das Brot, trank den Wein und sprach: „Dies ist mein Fleisch. Dies ist mein Blut.“

****

21. KAPITEL

Keine zwei Augenblicke sind sich gleich. Wirklich keine zwei Augenblicke. Deshalb gibt es in der inneren Arbeit auch keine Möglichkeit, auf morgen zu verschieben, was zu erledigen ich heute zu faul bin. Die Qualität des Jetzt verlangt unmittelbares Handeln. Nicht unüberlegtes, jedoch unverzügliches Handeln. Handeln im Atem des gegenwärtigen Augenblicks, dementsprechend was der entsprechende Augenblick erheischt.
Solches Handeln bedingt grosse Wachheit im gesamten Organismus. Weder der linke kleine Zehennagel, noch das rechte Ohrläppchen dürfen dabei ausserachtgelassen werden. Nicht der kleinste Teil meiner selbst darf dabei ausserachtgelassen werden. Im gegenwärtigen Augenblick handeln kann nur, wessen Körper, wessen Nervensystem vollständig wach ist. Wach wie ein Kanal, durch den Atem, durch den Energie und Licht ungehindert fliessen können. Das setzt ständiges Erinnern voraus. Setzt „Das Bewusstsein für die ständige Anwesenheit Gottes" voraus, wie mein Lehrer sagte.

Sich der Gebundenheit an den Körper bewusst zu werden, der eigenen Erdhaftigkeit, ist schwierig, da der Verstand von Erdhaftigkeit eigentlich nichts wissen will. Der Verstand tendiert zu Grössenwahn. Ihm erscheint nichts unmöglich und jedes Mittel ist ihm billig. Er ist rein kapitalistisch orientiert, selbst wenn es um die Verwirklichung von Idealen geht. Der Verstand lebt aus der Dualität heraus. Profitorientiert. Obwohl oft verschlüsselt und unter dem Deckmantel von Nächstenliebe.

Instinktiv spürt der Verstand, es ginge ihm an den Kragen, gäbe er diese Haltung auf. Deshalb wehrt er sich mit Händen und Füssen gegen jegliche Veränderung. Gegen alles, was auch nur im entferntesten nach Unsicherheit riecht. Der Gedanke an Risiko ist ihm verhasst. Er will Kontrolle ausüben, selber bestimmen, was ihm als richtig erscheint. Sogar wenn ein Verstandesmensch mit der Möglichkeit kokettiert, den Bettel hinzuschmeissen, auszuwandern und irgendwo neu zu beginnen, wo ihn keiner kennt, versucht er, dem Risiko aus dem Weg zu gehen und, wie die Katze, auf den Füssen zu landen. Die Angst vor einem eventuellen Misslingen des Abenteuers verdrängt er - die Angst vor dem Misslingen des Abenteuers Leben. Das bisschen Nervenkitzel, das er zulässt, betrachtet er als Würze gegen die Fadheit des Alltäglichen. Niemand möchte schliesslich als Feigling dastehen.

Mein Lehrer mahnte immer wieder: „Lebe leidenschaftlich. Mit jeder Fiber deines Seins."

Lebe leidenschaftlich, ungeachtet des Risikos, ungeachtet der Gefahr des Misslingens. Setze dein Leben auf eine einzige Karte. Mit unbegrenztem Einsatz. Knausere nicht, feilsche nicht, aus Angst zu versagen. Es gibt ohnehin nichts ausser dem Versagen. Früher oder später erkennt das jeder.

Doch vorerst muss ich meine sämtlichen sogenannten Möglichkeiten ausschöpfen. Ob ich will oder nicht. Diejenigen Möglichkeiten nämlich, die mir der Verstand vorgaukelt. Sie mir vorgaukelt unter dem Vorwand, sie garantierten mir ein erfülltes Leben. Eine Existenz, auf die ich stolz sein könne, eine Existenz, die mir Einfluss verschaffe, Prestige. Eine Existenz, im Diesseitigen verankert, die mich die Angst vor dem Jenseitigen vergessen lasse. - So lange zumindest, als der Stress anhält, und ich gefragt bin, unentbehrlich bin.

Geht es nach meinem Verstand, muss ich um jeden Preis im Rennen bleiben. Man muss auf mich setzen können, als auf einen todsicheren Treffer. So hat man es mich von Kindsbeinen an gelehrt.

Diese Haltung kann ziemlich gut funktionieren, wenigstens bis zum Morgen, an dem der Tag Null anbricht. Und mir auf unverschämte Weise plötzlich die Rechnung für mein bisheriges Leben präsentiert wird. Ohne dass man mich um Erlaubnis gefragt hätte. Plötzlich gelte ich nichts mehr. Sind meine Verdienste verflogen, in nichts zerronnen. Dreht sich die Welt weiter und lässt mich links liegen. Leben speit mich aus und ich liege gestrandet und hilflos am Ufer. Weiss weder ein noch aus.

Vielleicht stoppt Krankheit mich, oder der Verlust eines geliebten Menschen, der Bankrott meiner Firma..... Die Gründe sind zahllos. Irgendeinen davon findet das Leben immer, um mich aus dem Verkehr zu ziehen und mich mit mir selbst zu konfrontieren. Falls ich Konfrontation überhaupt zulassen will. Und kann.

Vielleicht zerbreche ich an einer solchen Situation auch einfach, gebe auf und lasse mich sterben. Anstatt mich ihr zu stellen. Je nach Veranlagung, je nach Bestimmung, sind die Reaktionen auf eine solche Situation verschieden. Keine ist besser als die andere. Ich kann bloss diejenige annehmen, die meinem Bereitschaftsgrad entspricht. Meinem Mass an Vorbereitung, an Erfahrung und innerem Wissen.

Die Barriere von Angst - meiner grundlegenden Angst, der Lebensangst schlechthin - ist nur übersteigbar, sofern ich am Leben scheitere. Sofern ich an dem scheitere, was als üblich und als normal gilt. Das Scheitern braucht nicht für jedermann erkennbar zu sein. Vielleicht stehe ich währenddessen die ganze Zeit über im Rampenlicht. Jedermann bewundert, beneidet mich. Und nur ich weiss, wie es um mich steht. Dass ich nämlich mit einem Scherbenhaufen konfrontiert bin und nichts mehr Sinn macht. Nicht einmal mehr die Bewunderung, die mir gezollt wird.

Das Eingeständnis inneren Bankrotts ist der Schlüssel zum Uebersteigen der Barriere der Angst, um dadurch auf den Weg zu kommen, der ins Jenseits führt. Ins Jenseits gängiger Blindheit, gängiger Angepasstheit, gängiger Selbstüberschätzung. Ins Jenseits der Fixiertheit auf die eigene Person, auf meine vermeintlichen Rechte: auf mein Recht auf Erfolg, auf Liebe, Achtung, Wertschätzung, Glück....., auf alle diese Rechte, die ich als gegeben, als selbstverständlich voraussetze. Sie so lange als selbstverständlich voraussetze, bis der gewisse Tag anbricht, an dem nichts mehr geht. Und mit einem Mal kommentarlos alles eingesackt wird, was ich mir zeit meines Lebens so sauer erarbeitet zu haben glaube.

Je wacher ich werde, je mehr meines Körpers bewusst, des Atems, meiner Umgebung, der Existenz anderer, der gleichberechtigten Existenz anderer, des Zustands der Welt, des Universums....., desto mehr häufen sich Tage, an denen vermeintlich nichts mehr geht. Tage, an denen der Ansporn von aussen ausbleibt. An denen Bestätigung ausbleibt, Lob und Unterstützung ausbleiben. Tage, an denen es scheint, niemand nehme mich mehr wahr. Tage, an denen der Strom des Lebens an mir vorüberschiesst, dieser Strom prallen Lebens. Währenddem ich auf dem Trockenen schmachte, von aller Welt vergessen. Oft verhöhnt sogar, unter dem Vorwand, es gehe mir doch bestens, ich solle bloss keine Show abziehen, mir nicht dermassen leid tun.....

Solchen Tagen, an denen vermeintlich nichts mehr geht, begegne ich am ehrlichsten mit Stummheit. Sie dienen dazu, mich bewusst aus dem Verkehr zu ziehen. Meinem Tun Einhalt zu gebieten. Und mich aufs Abstellgleis zu bugsieren.....

Und dann kann es sein, dass ich auf einem solchen Abstellgleis plötzlich dem Lehrer begegne, der mir in meiner Ratlosigkeit beisteht...., falls ich ihn darum bitte. Und mit entsprechenden Fragen an ihn gelange.

Fragen. Echte, fundamentale Fragen. Fragen um das Woher und das Wohin sind ebenfalls Schlüssel zum Verstehen. Aber solche Schlüssel sind nur jene Fragen, die weder meinen Egoismus nähren, noch meiner Person dekorative Mäntelchen umhängen.

Ohne Fragen ist Arbeit zwischen Lehrer und Schüler nicht möglich. Fragen bilden die Grundlage des Dialogs, die Brücke, über die schliesslich Uebertragung stattfinden kann, Uebertragung einer gewissen Form von Energie, die notwendig ist, um den alchimistischen Prozess des Goldmachens ins Rollen zu bringen.

Es braucht Mut, Fragen zu äussern. Und noch mehr Mut braucht es, auf Antworten zu hören und Weichen neu einzustellen. Mit Fragen begebe ich mich bewusst aufs Glatteis, entblösse ich mich. Echte Fragen rütteln an meinem Fundament. An Ansichten, an Meinungen und Ueberzeugungen. Wozu Fragen, wenn ich nicht bereit bin, sogar mich selbst zu hinterfragen? Meine eigene Existenz? Es wäre Heuchelei, eine Alibiübung, die ein Lehrer sofort durchschaute.

Das Fragen und das auf Antworten Hören führen mich schliesslich zum „Punkt ohne Wiederkehr", zum dimensionslosen Punkt. Dem Punkt, an dem ich mir selber von Angesicht zu Angesicht gegenüberstehe, gespiegelt im gegenwärtigen Augenblick.

Der Moment des Eingeständnisses meines Bankrotts, meiner Nacktheit, der Preisgegebenheit, markiert den Anfang der Uebergabe an diesen Punkt. In die Arme des gegenwärtigen Augenblicks. Dieses einzig wirklichen Augenblicks. Des Schosses von Existenz. Des Schosses der tausend Möglichkeiten unbefleckter Empfänglichkeit. Der Empfängnis von Leben aus erster Hand. Der einen, einzigen Hand, neben der es nichts anderes gibt. Kein Du. Kein Ich. Keine Person, die wünscht, hofft, ausliest.

Im Augenblick, in dem Augen blicken und erkennen, verhält Zeit den Schritt. Und ich brauche nichts mehr nachzulaufen. Brauche keinem Anschluss mehr nachzujagen. Das Gedankenkarussell kommt zur Ruhe, da Vergangenheit für immer vergangen ist, das Planen von Zukunft sich für immer als Utopie herausstellt.

Nun darf der Verstand ausatmen. Denn er wird nicht länger für Funktionen missbraucht, für die er nicht zuständig ist. Das Denken, das kreative Denken übernimmt von nun an das Herz. Dieses Zentrum, das keiner Partei angehört, keiner Richtung folgt, auf nichts schwört und sich nicht mit dem Spiel des Lebens identifiziert. Mit diesem Spiel, das nun erst als Spiel erkannt wird, als Spiel, in dem ich zwar eine Rolle innehabe, jedoch die Rolle selbst nicht bin. Dieses Spiel um Liebe, Verrat und Tod. Um Rausch und Ekstase. Um alles, was mich bis dahin davor bewahrt hat, mir selber zu begegnen. Mich davor bewahrt hat zu sehen, dass jeder Augenblick der einzige ist. Der erste und gleichzeitig der letzte, da er sich nie wiederholen wird. Mich davor bewahrt hat zu sehen, dass jeder Augenblick Tod ist, vor dem es kein Entrinnen gibt. Den ich aber auch nicht fürchten muss, da der Tod kein Erlöschen bedeutet, keinen Verlust, sondern lediglich den Durchbruch zum Lebendigsein. Zum umfassenden Lebendigsein, jetzt. Zum Lebendigsein, das nicht an kleinliche Hoffnungen gefesselt ist und nach persönlicher Erfüllung giert.

„Stirb bevor du stirbst", mahnte mein Lehrer immer wieder. Und er meinte nichts Makabres damit. Kein satanisches Ritual. Keinen Kultvorgang. Er meinte damit nur das Absterben gegenüber der Illusion, ich sei der Nabel der Welt. Auf mich warte sie. An mir orientiere sie sich.

Erst im Zustand des Bankrotts, im Erkennen dessen, was ich nicht bin, was ich nie war, werde ich mir auch meiner Einzigartigkeit bewusst. Meiner Einzigartigkeit in der Vielfältigkeit. Und somit meiner eigentlichen Aufgabe, derjenigen Arbeit, für die der Mensch von Anbeginn der Zeit vorgesehen ist. Dann wandelt sich das Dankbarsein für etwas, oder jemandem gegenüber in Dankbarkeit an sich. Wandelt es sich in Dankbarkeit ohne Zweck und Ziel. Liebe hängt nun nicht mehr von Bedingungen ab. Mitgefühl nicht mehr von einem entsprechend würdigen Objekt. Begriffe wie würdig und unwürdig fallen weg. Der Verstand urteilt in solchen Begriffen. Das Herz nicht. Das Herz nimmt wahr, was ist. Nicht was war. Oder was sein könnte. Das Herz, dieses Zentrum von Stille, dieses Zentrum reinen Erinnerns ist unbestechlich, unbeeinflussbar, gehorcht keinen Einflüsterungen.

Wo befindet sich der Lehrer nun? Wer ist er? Was ist er? Was, das schon immer da war? Auch als ich es nicht sah, nicht begriff?

Und die Beziehung zum physischen Lehrer? Zum Lehrer in der Aussenwelt? Was wird daraus?

Sie geht über in Freundschaft. Der tiefgreifendsten Form der Beziehung, die zwischen Menschen möglich ist. Für den Freund ist der Freund ebenbürtig. In der Essenz gleich, wenn auch in der Funktion verschieden. Freunde konkurrenzieren sich nicht. Sonst sind sie nicht wirklich Freunde. Freunde weisen hin, doch urteilen sie nicht, verdammen nicht, sind einander nicht hörig. Da sie sich nicht in stärkere oder schwächere unterteilen. In Freundschaft herrscht Unparteilichkeit. Oder sie verdient den Namen nicht. In Freundschaft herrscht bedingungslose Offenheit, bleibt nichts im Dunkeln. Nicht weil Freunde einander pausenlos die Ohren vollreden. Sondern weil sie keine Masken tragen, sich nicht voreinander verstecken, keine Spielchen miteinander treiben, nicht kokettieren. Weder verführen noch übervorteilen.

Freundschaft ist Loyalität pur. Es sei denn, es sei keine Freundschaft. Stattdessen eine Interessengemeinschaft. Eine Verbindung zu gegenseitigem Schutz, zur Stärkung von Macht und Einfluss.

Echte Freundschaften sind so dünn gesät wie echte Lehrer. Sie tolerieren nicht die geringste Spur von Falschheit, von Ausnützung und Tyrannei.

Am „Punkt ohne Wiederkehr" erkennt der Sucher, dass das, was sucht, das Gesuchte
ist.

Sucher, Suche und Gesuchtes werden eins. Suche erübrigt sich. Und die Frage, die letzte, EINE, nie erlöschende, nie zu beantwortende Frage wird zum Licht auf dem Pfad. Dem Licht, das nicht mehr Dunkelheit zum Gegenpol hat, da es keiner Kategorisierung untersteht, keine Qualität aufweist.

„Zu wissen und zu akzeptieren, dass dieser Körper stirbt, und dass dies die einzige Zeit ist, die wir haben, ist die stärkste Waffe, über die wir je verfügen werden. Mit diesem Verständnis können wir anfangen leidenschaftlich zu leben, keinen Augenblick der wertvollen, uns zugemessenen Zeit zu verschwenden, sondern dankbar einzutauchen in die Unmittelbarkeit des Lebens", schrieb mein Lehrer.

Einzutauchen in die Unmittelbarkeit eines Lebens, das nicht länger fremdbestimmt ist, sondern das auf der Freiheit immerwährender Entscheidung im gegenwärtigen Augenblick beruht.

„Der wahre Heilige geht ein und aus bei den Leuten und isst und ruht mit ihnen und kauft und verkauft auf dem Markt und heiratet und nimmt Teil am sozialen Umgang und vergisst Gott niemals auch nur für einen Augenblick", wird gesagt.

Leben ist in Vollkommenheit da. Jetzt. Und immer jetzt. Der Heilige befolgt die Gesetze des Lebens. Jetzt. Und immer jetzt. Jenseits persönlicher Genugtuung, jenseits der Barriere von Angst. Er ist Diener, Instrument zu Gottes Heil. Zu Seiner Heiligung. Seiner Heilung in Liebe. Der Blick aus den Augen des Liebenden bringt Leben zum Blühen. Der Blick der Liebe aus den Augen des Heiligen bringt Gott zum Blühen. Offenbart Seine Vollkommenheit. Jetzt. Und immer jetzt. Gott bedarf dieses Heilens. Es ist des Menschen vollendetste Pflicht.

Einen Lehrer zu sehen ist Gnade. Einen Lehrer zu erkennen ist doppelte Gnade. Einen Lehrer zu treffen, in der Essenz, ist Gnade über Gnade. - Wobei es auch eine Lehrerin sein dürfte. In innerer Hierarchie herrscht kein Sexismus!

Mein Lehrer liebte Witze. Auch solche, die unter der Gürtellinie ansetzten. Und er erzählte sie mit Vorliebe im scheinbar unpassendsten Moment, besonders dann wenn sich Leute seiner gerade so schön sicher wähnten, glaubten, nun verständen sie ihn. Könnten ihn einordnen, beschildern und ablegen.....

Da standen sie dann. Wie bestellt und nicht abgeholt. Und mein Lehrer stahl sich davon. Wurde unsichtbar, trotzdem er sichtbar blieb. Lachte sich den Buckel voll vor Freude darüber, wieder einen Menschenfisch an der Angel zu haben. Ein zappelndes Bündel blutendes Herz, auf das er lindernd die Hand legen durfte.

Ein Schauspieler war mein Lehrer. Ein Tänzer, Sänger und Clown, sich selber ein Witz. Jedoch vor allem ein vorbehaltlos Liebender, dem kein Opfer, keine Anstrengung je zuviel wurde, wenn es darum ging, Lebendigkeit zur Manifestation zu verhelfen.....

<u>O, wie danke ich dafür!</u>

O, wie danke ich dafür,
Dass ich Augen habe,
Die sehen dürfen -
Sehen, wie Sonnenglast purpur'ne Schwärze
In smaragd'ne Beeren presst,
Tauttränen Spiegel werden diamant'nen Lichts,
Weinblätter Hände,
Furchtlos gespreizt,
Nichts kennend,
Vor dem sie sich schützen müssten;

O, wie danke ich dafür,
Dass ich Ohren habe,
Die hören dürfen -
Hören, wie Palmwedel schnäbeln,
Wenn Wind mit ihnen kost,
Den Saft hochtreibt im Stamm,
Zellen zum Bersten füllt,
Ein Lodern durch jede Fiber schiesst,
Und der Baum zur Fackel wird
Begeisterten Lebendigseins;

O, wie danke ich dafür,
Dass ich Nerven habe,
Die fühlen dürfen -
Fühlen, wie Aengste kommen und gehen,
Herangeweht und fortgeblasen
Wie herrenlose Schiffe,
Niemandem zugehörig,
Wirre Muster webend in das Tuch von Zeit,
Doch nichts mit mir zu schaffen finden,
Es sei denn, ich bücke mich nach ihrem Netz;

O, wie danke ich dafür,
Dass ich ein Herz habe,
Das wahrnehmen darf -
Wahrnehmen, dass Dinge wie Gespinste scheinen,
Hauchfein und durchlässig,
Klänge im Atem der Liebe,
Quellen von Stille,
Entspringend kristallener Weite - -
Jenseits von dir und mir,
Von Hoffnung und Wunsch -

O, wie danke ich dafür.....